重庆市脱贫攻坚优秀文学作品选

洒满阳光的土地
重庆市脱贫攻坚诗选

SAMAN YANGGUANG DE TUDI

重庆市扶贫开发办公室 重庆市作家协会 编

重庆出版集团 重庆出版社

图书在版编目(CIP)数据

洒满阳光的土地:重庆市脱贫攻坚诗选/重庆市扶贫开发办公室,重庆市作家协会编. —重庆:重庆出版社,2021.3
(2022.2重印)

(重庆市脱贫攻坚优秀文学作品选)
ISBN 978-7-229-15519-3

Ⅰ.①洒… Ⅱ.①重… ②重… Ⅲ.①诗集—中国—当代 Ⅳ.①I227

中国版本图书馆CIP数据核字(2020)第241966号

洒满阳光的土地——重庆市脱贫攻坚诗选
SAMAN YANGGUANG DE TUDI—CHONGQING SHI TUOPIN GONGJIAN SHIXUAN
重庆市扶贫开发办公室　重庆市作家协会　编

丛书主编:魏大学
丛书执行主编:孙小丽
丛书副主编:牛文伟　杨　勇
责任编辑:林　郁　彭　景
责任校对:朱彦谚
装帧设计:戴　青
封面插画:珠子酱

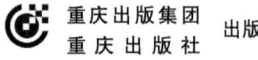出版

重庆市南岸区南滨路162号1幢　邮政编码:400061　http://www.cqph.com
重庆出版社艺术设计有限公司制版
重庆天旭印务有限责任公司印刷
重庆出版集团图书发行有限公司发行
E-MAIL:fxchu@cqph.com　邮购电话:023-61520646
全国新华书店经销

开本:787mm×1092mm　1/16　印张:15.5　字数:200千
2021年3月第1版　2022年2月第2次印刷
ISBN 978-7-229-15519-3
定价:48.00元

如有印装质量问题,请向本集团图书发行有限公司调换:023-61520678

版权所有　侵权必究

编委会

○ 编委会主任
刘贵忠　辛　华

○ 编委会顾问
刘戈新

○ 编委会副主任
魏大学　陈　川　黄长武　莫　杰　王光荣　田茂慧
李　清　罗代福　冉　冉

○ 编委会成员
孙元忠　周　松　兰江东　刘建元　李永波　卢贤炜
胡剑波　颜　彦　熊　亮　孙小丽　徐威渝　唐　宁
吴大春　李　婷　陈　梅　蒲云政　李耀邦　王金旗
葛洛雅柯　汪　洋　李青松

○ 编　　辑
谭其华　胡力方　孙天容　皮永生　郑岘峰　赵紫东
刘天兰　李　明　郭　黎　王思龙　李　嘉　金　鑫

总序

重庆是一座高山大川交织构筑的城市,山水相依,人文荟萃。这里有鳞次栉比的高楼华厦、流光溢彩的两江夜景、麻辣鲜香的地道火锅、耿直爽朗的重庆崽儿……她的美丽令人倾倒,她的神奇让人向往,她的热情催人奋进。重庆也是一座集大城市、大农村、大山区、大库区和少数民族地区于一体的城市,城乡差距大,协调发展任务繁重。重庆直辖之初,扶贫开发是中央交办的"四件大事"之一。2014年年底,全市有国家扶贫开发工作重点区县14个、市级扶贫开发工作重点区县4个,有扶贫开发工作任务的非重点区县15个,贫困村1919个,贫困发生率7.1%。2016年1月,习近平总书记视察重庆时强调,重庆脱贫攻坚"这个任务不轻"。

让贫困人口和贫困地区同全国一道进入全面小康社会,是我们党的庄严承诺,打赢脱贫攻坚战是时代赋予我们的光荣使命。重庆广大干部群众坚定融入时代洪流,投身强国伟业,拿出"敢教日月换新天"的气概,鼓起"不破楼兰终不还"的劲头,向贫困发起总攻,坚决打赢脱贫攻坚战。在全市上下一心、同心同德的艰苦奋战中,在基层广大扶贫干部和群众的不懈努力下,经过8年精准扶贫、5年脱贫攻坚,重庆市脱贫攻坚取得历史性、根本性、决定性成效。贫困区县悉数脱贫"摘帽",累计动态识别(含贫困家庭人口增加)的190.6万建档立卡贫困人口全部脱贫,历史性消除了绝对贫困,大幅提高了贫困群众收入水平,极大改善了农村生产生活生态条件,明显加快了贫困地区发展,有效提升了农村基层治理能力,显著提振了干部群众精气神。2019年4月,习近平总书记视察重庆时指出,"党的十九大以来,重庆聚焦深度贫困地区脱贫攻坚,脱贫成效是显著的","重庆的脱贫攻坚工作,我心里是托底的"。

习近平总书记在决战决胜脱贫攻坚座谈会上强调,"脱贫攻坚不仅要做得好,而且要讲得好"。讲好脱贫攻坚的实践故事,讲好各级各部门统筹推进疫情防控和脱贫攻坚工作的攻坚故事,讲好基层扶贫干部的典型事迹和贫困地区人民群众艰苦奋斗的感人故事,是广大作家和文学工作者的时代责任和光荣使命。面对乡村的巨变和社会的进步,面对形象丰满的扶贫工作者群像和感人至深的扶贫励志故事,面对许多不甘贫困的普通百姓,面对人民群众美好生活的新期待,重庆广大文学工作者投身脱贫攻坚主战场,用文学创作的方式反映大时代背景下重庆人民在脱贫攻坚战役中的不平凡经历和取得的伟大业绩,记录伟大时代的火热实践,记录人民日新月异的新生活,创作出一批优秀脱贫攻坚主题文学作品,《重庆市脱贫攻坚优秀文学作品选》应时而生。

《重庆市脱贫攻坚优秀文学作品选》是在中共重庆市委宣传部的支持下,由重庆市扶贫开发办公室、重庆市作家协会联合策划的系列丛书。为了讲好重庆的脱贫攻坚故事,创作出有筋骨、有硬核、有温度、有品位的文学作品,重庆市扶贫办组织专班提供了大量典型素材和采访线索,组织专人陪同作家深入一线采风采访。重庆市作协遴选了一批来自脱贫攻坚工作一线的优秀作家执笔,组织创作优秀作品。项目甫立,这批作者或早已投身于脱贫攻坚火热的现实中,或遍访民情搜集创作的素材,或直面基层和一线的真实,积累了丰富细腻的情感。通过他们各自不一样的脚力、眼力、脑力和笔力,一幕幕感人至深摆脱贫困的场景得以再现,一个个人物典型的人格魅力得以张扬,一份份对农村新貌的赞美得以抒发……

《重庆市脱贫攻坚优秀文学作品选》由13部优秀文学作品组成,

体裁涵盖长篇小说、纪实文学、散文和诗歌等。钟良义创作的长篇小说《我是第一书记》，以三个主动请缨到脱贫攻坚第一线的城市青年干部的扶贫经历为主线，展示了重庆脱贫攻坚工作的艰巨性和复杂性，表现了重庆青年党员群体的责任担当；罗涌创作的长篇小说《连山冲》讲述了位于武陵山集中连片特困地区的连山冲村克服重重困难成功脱贫的故事，塑造了脱贫攻坚工作中的各色人物的鲜明个性，全景式地书写了精准扶贫精准脱贫中的艰难与坚韧、痛苦与希望以及从精准帮扶到产业致富的山村发展路径与规律；陈永胜创作的长篇小说《梅江河在这里拐了个弯》以身患绝症的扶贫干部林仲虎在生命的最后时刻依然坚守在扶贫第一线的感人事迹，折射梅江河，乃至秀山县脱贫攻坚工作的艰辛历程；刘灿创作的长篇小说《蜜源》讲述了留学归国青年踌躇满志来到贫困山区创业的故事，讴歌了新时代知识青年的理想追求，展现了新时代重庆农村的人文风貌；何炬学创作的长篇报告文学《太阳出来喜洋洋》通过讲述一个个"奋斗者"的脱贫故事、赞颂"助力者"的全心投入，全面展示了自2014年全国新一轮脱贫攻坚工作开展以来，重庆全域在此工作中的生动景象，并努力挖掘重庆的文化底蕴，彰显重庆人的精神和气质；周鹏程创作的报告文学《大地回音》是他深入重庆14个国家级贫困县和4个市级贫困县采访、调研的结晶，反映了重庆农村特别是贫困山区在脱贫攻坚战中发生的天翻地覆的变化；谭岷江创作的报告文学《春天向上》通过对石柱县中益乡各村帮扶贫困户产业脱贫致富故事的讲述，勾勒出一幅山区土家族人民在新时代努力奋进，积极乐观地追求幸福的壮美画卷；李能敦创作的散文集《别急，笑起来——巫山县脱贫攻坚人物谱》生动刻画了一批来自巫山县脱贫攻坚一线的人物群像，记录了他们在脱贫攻坚战役中的奋斗与牺牲，泪水与欢笑；龙俊才创作的散文集《我把中坝当故乡——驻村扶贫纪实》还原了中坝村扶贫干部与群众在脱贫攻坚战一线，确保高质量完成任务的方方面面，是全国打赢脱贫攻坚战中一个生动的缩影;徐培鸿创作的长诗《第一书记杨丽红》借由对脱贫攻坚战中的女性群体的观照,展现出广大驻村女干部们的艰辛付出和人性中的大美;袁宏创作的诗集《阳光照亮武陵山》围绕武陵山区的脱贫攻坚展开诗性建构,集中反映了酉阳土家族苗族自治县广大干部群众积极投身脱贫攻坚的国家战略,展现了人们面对困难守望相助的内心世界和追求美好生活的坚毅品质;戚万凯创作的儿歌集《我向马良借支笔》,以琅琅上口的儿歌展现脱贫攻坚的生动场面和新农村的美丽画卷,通过生动活泼、富有童趣的形式,传递党的扶贫声音,讴歌扶贫干部公而忘私的奉献精神和乡村群众自强不息剜穷根的精神风貌。丛书还收录了傅天琳、李元胜、张远伦、冉仲景、杨犁民等70余位重庆诗人创作的诗集《洒满阳光的土地——重庆市脱贫攻坚诗选》。这些作品散发着巴山渝水的浓郁乡土气息,晕染着山城文化的独特魅力,不仅凝练了百折不挠、耿直豁达的重庆性格,而且写出了重庆人感恩奋进、誓剜穷根的精气神,总结了重庆在生态、教育、健康、搬迁、文化、产业等方面的典型经验。作家们的创作不回避矛盾,不矫饰问题,以真情与热诚书写贫困地区的变化,把脱贫攻坚故事写得实实在在、有血有肉、鲜活生动,彰显了重庆文艺工作者在脱贫攻坚中强烈的使命感和责任感。

《重庆市脱贫攻坚优秀文学作品选》是重庆广大文学工作者与时代同行,与人民同心,把人民群众的伟大实践作为创作的不竭源泉而锻造出的精品力作。我们希望通过《重庆市脱贫攻坚优秀文学作品选》所传导的精神与力量,能够让群众的灵魂经受洗礼,让群众的精神为之振奋;能够鼓舞群众在挫折面前不气馁、在困难面前不低头;能够引导群众发现自然之美、人性之美,让群众看到美好、看到希望、看到梦想就在行即能至的前方。

丛书编委会
2021年1月

目 录
Contents

/ 总　序　　　　　　　　　　　　　　　1

他的笑容有些羞涩（外一首）／巴山狼　　　1

三根树（外一首）／白桦　　　　　　　　5

土地（组诗）／傅天琳　　　　　　　　　8

村里通了扶贫路／付克发　　　　　　　　13

一万株水草摇曳（组诗）／海清涓　　　　15

乡村梦更美（外二首）／何真宗　　　　　19

大山里的脱贫景象（组诗）／胡德　　　　23

驻村第一书记／胡佳清　　　　　　　　　27

脱贫短歌／胡木非木　　　　　　　　　　30

信仰（外二首）／胡应国　　　　　　　　32

楠木桥的古树（外二首）／黄大荣　　　　34

石滩夜雨是乡音 / 黄海子	37
一座桥的遐想（散文诗）/ 回光时	40
石滩镇（外一首）/ 琚雪	42
扶贫路上（组诗）/ 兰采勇	44
四面新墙暖心房（外二首）/ 李华	47
光（外一首）/ 李美坤	50
种黄连的人 / 李元胜	52
水与爷爷家的距离 / 刘唱	55
摘帽（外二首）/ 刘辉	57
贫困户刘财发在讲习所 / 刘光敏	60
磁　石 / 刘清泉	62
塘湾村印象 / 刘晓霞	64
扶贫记 / 隆玲琼	67
谭婆婆（外一首）/ 娄格	71

目 录
Contents

幸福梦（外一首）/ 罗晓红	73
在龙山村（外二首）/ 茉莉	76
古木无人的小径（外二首）/ 倪金才	78
石柱中益人 / 泥文	82
阳光照在羊鹿山上（组诗）/ 泣梅	84
开心农场（外一首）/ 秦开勇	88
扶贫路上，我们同行（组诗）/ 戎子	90
三塘高盖的早晨 / 冉仲景	94
石滩，那流淌的绿（散文诗组章）/ 施迎合	95
美丽太和 / 苏更生	98
后坪乡的春天（组诗）/ 苏勤	100
春天的画面是温暖的（组诗）/ 谭岷江	104
阳光里（外一首）/ 谭萍	108
每天为这里写首诗（外一首）/ 唐诗	112

我和张大汉一起上"战场"（外一首）/唐毓	116
又见安澜／田金梅	119
坐在悠扬的渔歌中（外三首）/王明凯	121
仓房故事会／王老莽	126
幸福的加速度（组诗）/王景云	130
寒元应制茶（外三首）/王淋	135
一口井，非打不可／王智	140
总有山歌在心里飘（组诗）/吴沛	145
扶贫日记两则／吴凤鸣	149
连二村的春风来了／西贝牛	152
第一书记（外二首）/谢子清	155
深夜，有盏灯（外一首）/向墅平	158
龙登山滑翔伞基地小抒怀（外二首）/徐作仁	162
第一书记／杨犁民	166

目 录
Contents

乡村,进无止境(外一首)／杨清海　　　　　　　　168

石滩三题／杨平　　　　　　　　　　　　　　　　171

四月,在华溪村／殷艳妮　　　　　　　　　　　　174

华溪村／余蓝　　　　　　　　　　　　　　　　　176

非贫困户(外一首)／云朵　　　　　　　　　　　178

多味重岩(组诗)／张春燕　　　　　　　　　　　180

天子山上百花艳／张海波　　　　　　　　　　　　183

安澜行(组诗)／张天国　　　　　　　　　　　　185

讲师的课堂(外一首)／张俭　　　　　　　　　　188

彩云之阳,深歌(组诗)／张鉴　　　　　　　　　191

感谢你,太阳村(外三首)／张佐平　　　　　　　196

郁水谣／张远伦　　　　　　　　　　　　　　　　200

我有春风,扶你脱贫上路(组诗)／赵贵友　　　　204

黄连为什么这么甜?(组诗)／郑劲松　　　　　　207

目 录
Contents

我的帮扶户梁昌伦（外一首）/ 郑立　　　　　　　　　211

致城口（组诗）/ 周鹏程　　　　　　　　　　　　　215

张元忠脱贫 / 子磊　　　　　　　　　　　　　　　　219

扶贫风景线（外一首）/ 左利理　　　　　　　　　　222

酿蜜者 / 左秀英　　　　　　　　　　　　　　　　　227

杨梅树的舞曲 / 钟雄　　　　　　　　　　　　　　　230

他的笑容有些羞涩（外一首）

巴山狼

土地流转后就在村里种桑养蚕
还住那房，三间，没翻修
抖了抖肩上的衣服，他接着说
儿子已在镇上买了房
平时在外面跑车，水泥罐车
过年才回来。他耸了耸肩
肩上的衣服有点薄，半新不旧的
我想起以前给过他一些衣物
和几双不穿了的皮鞋
那时他家三个孩子，连年吃低保

他拉了把椅子，靠近我坐下
小声问，有没有投资机会
稳妥的比银行利息高的那种
你有多少？我很有点意外
不多不多，只有十万！
说出这个数字时，他的笑容
像当年借钱时一样，略有些羞涩

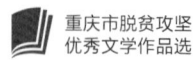
重庆市脱贫攻坚
优秀文学作品选

中岭沟,二台坪

1
满山的映山红刚刚凋谢
中岭沟、二台坪就开始热闹起来
祥辉公司的桑园里
大片大片的绿油油的桑叶
越来越遮不住那些红里渐紫的桑葚
山里,新鲜的空气也挡不住
从镇上开进来的那些小车

2
采桑的水泥石板路已铺好了
桑叶被源源不断地送进养蚕房
智能养蚕房里的那台机器人太忙了
一刻不停地分撒桑叶给蚕宝们
直到鲜嫩的桑叶被白白胖胖的蚕宝
吐出的丝织成茧,村里的日子
才随之轻松圆满起来

3
桑葚变得紫黑紫黑的时候
村子里的交通就会有些拥堵了
村干部跑上跑下地忙着疏通
进村的那些小车,有来桑园尝鲜的
也有回村帮忙摘桑葚的村民
平时他们在镇上守着门市
村里忙时,就回村上班

4
沟那边的歌声在山里格外空旷
悠远。市民的夜生活在山里一铺开
就多了些灵性也有一些野性
开农家乐的老板是万州回来的
他把吊脚楼修在悬崖边上
山里地基牢实,稳当!放心
他说。他的农家乐把山里的夜空
铺染得跟城里一样热闹

5
中岭沟的村民到镇上买房的
越多,山上的植被就堆得越厚
树林里的蘑菇,就不再探头探脑
它们大张旗鼓地从土里钻出来
迎接开着小车进山来的客人
除了在餐桌上挑逗客人的味蕾
有时还坐小车到镇上,城里
娇小鲜嫩地去街上卖个萌

6
土鸡,土鸭,外壳沾有粪的蛋
在农家乐外的路边一字排开
客人吃饱喝足了出来,这些土货
转瞬就被一扫而光。有的客人
还要去二台坪摘有机鲜菜
开车的客人到了中岭沟总是觉得
车的后备箱空间有些小
没事,过几天又来玩耍吧

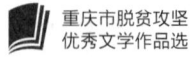

村民的脸上堆满了收不住的笑

作者简介：巴山狼，本名王家魁。在《草原》《绿风》《诗选刊》《延河》《椰城》《江河文学》《华西都市报》《广西日报》《重庆日报》《重庆晚报》等报刊发表小说、散文、诗歌。著有诗集《昨夜下了一场雨》，散文集《遥望》，现居重庆。

三根树（外一首）
白桦

在平滩村有一口
其貌不扬的堰塘
叫做"三根树"
莫非是谁在光阴绳子上
故意打上
这么一个奇妙的结

好像是微微风儿
把我们叫到这里来的
憨憨的李子树
想蹲下来看个究竟
不过，我们
一点不亚于它们

塘里的鹅和鸭
果真听见我们这群人
都在说它们的一些事情
感觉是它们不好意思
就迅速撤退
去了那边

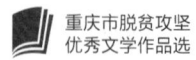

不一会儿
它们还是鼓着勇气
结群成队地
往我们这边游来
想跟我们拉点家常
有的,甚至想跟
我们一起争着吃李子

不用怀疑了
它们就是喜欢这儿
星星吹出的哨声
它们就是喜欢这儿
带有树味的雨水

不可分割的三根树
把水当作了家
把鹅和鸭当作了亲人

说说肖安强戒酒

天上的云都替你捏一把汗
酒在你这儿
再也找不到居住的地方
酒留下的只是一枚
沉默寡言的弹壳

天上的云都替你捏一把汗
你偷偷地向蜜蜂
掏点知心话
像个懵懂的小青年

你还说今年的雨水
已把月亮洗得贼亮贼亮的

天上的云都替你捏一把汗
儿子前年一下就考上了大学
你把堆在脸上的微笑
当作蘑菇来采
不识字的风也沾你的光
悄悄溜来，开心得像
不愁嫁的山妹子

老实巴交的山丘和你
又在张罗陪嫁的那些东西

注：肖安强，家住巴南区安澜镇顶山村，低保贫困户，患肝硬化，半劳动力，儿子是湖南大学的大二学生。

作者简介：白桦，笔名舟晓川。《中国微型诗》社长、主编、中国诗歌学会会员、重庆新诗学会理事、短诗原创联盟副会长、重庆市南岸区作协副秘书长、重庆杂文学会会员。

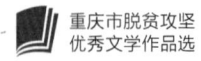

土地（组诗）

傅天琳

一个脐橙

曾经给过我一千只蝴蝶
一千片叶子一千个春天的果园啊
那么多的果子我摘不完
我只要一个脐橙

你把花朵和波涛
都同时刻写在我的履历表上了
一个脐橙
就是我和你共同拥有的一切

灿烂的同时拥有阳光和雨水的季节
一个脐橙，从春天走进秋天
在奉节，在长江沿岸打下锦绣江山

人们用勤劳和最大的敬意
对待这个唯一长着肚脐的植物精灵
认定与你同宗
与你血缘相近

汁液如此甘甜、饱满
我住进你的脏腑
日复一日,我就是一个
被果汁灌醉的诗人

头沱二沱三沱,沱沱是金
数不清的星宿坠落枝头
30万种树人心中的帝王
一个脐橙,一台提款机

当诗人吴丹用手机按下那一瞬
我看见你就是奉节的太阳,多汁的太阳
也是我的太阳!一个脐橙

一只鸡

从来没有与一只鸡亲密对视
一双眼睛既涣散又炯炯有神

它顶着一朵红云从我面前走过
羽毛油滑如缎,筋骨强健如鹰

大巴山麓,有村民就有鸡棚
有鸡棚就能脱贫

家族兴旺。它们啄食露水、虫子
负氧离子,啄食水洼里的蓝天白云

八根木桩支起一座吊脚楼
有门、有窗,它们住宽敞干净第二层

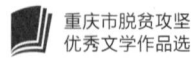

亲！请往支付宝刷你的金币
请把我的诗当成直播带货的广告听

土屋

主人走了，它还在
它留下是为了做教材

海拔两千米之上
土屋尚未倒塌
守家的老黄狗也跟着主人下了山

我曾见过这间土屋的主人
在一幢尚未装修完工的住宅里
在河渔新村，在四年前

主人领我们依次走过一楼一底十二间
底层厨房正贴瓷砖

他说他原来的土屋在高山上
房前土豆有几颗，屋后玉米有几行
他家娃娃读书要翻几座山几道梁

黑夜一口吞进煤油灯的微光
他说祖祖辈辈孤独一个样
贫穷一个样

他不知啥叫诗人
一群一群来的都是上面的人

幸福像花儿一样开在脸上
拉着其中一个诗人的手
他连声说:感谢政府感谢政府

主人走了,土屋还在
百年后,墙体倒塌,墙根一定还在
它留下是为了做教材

笆箕村

梁平,笆箕村
悠悠然20户农家
鹅踱方步,公鸡于午时打鸣
10万株李子树
哗哗哗开出一个盛唐诗人的名字
漫山李白
应李白之邀而来
宜布鞋
宜头戴野花
宜行拱手礼
宜穿一身浅绿浅蓝浅紫衣裙
山村人家已备好水酒庆祝脱贫
橙子树下,路人甲乙丙
均可自饮。饮后赋诗
宜古体。五言、七言或绝句
句句醉在今朝,一醉不醒

金叶

盛大八月,一种肉质饱满的植物
带着气势磅礴的秋色黄了

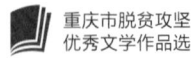

它宽厚的手掌
像一位特别值得信任的乡村大伯
抚过大山贫瘠的胸膛

它为季节带来了莫大欣喜
风起时,一地波涛滚动
阳光在它阔大的酒杯里剧烈摇晃

一群诗人和一群为它修路
育苗、抹花、锄草的大汗淋漓的人
围坐在八月,围坐在千年皂角树下

述说百亩烟田,述说烟农们怎样脱贫
幸福指数怎样沿着海拔节节上升
盘旋在800米到1200米云雾之间

抑制不住的自信在空气中飞扬
就连烤房外蝴蝶的薄翼,都一致的黄
一致地滴出清香

强烈的光芒总是来自于土地
黄到深处就是金啊!农民的笑容
就是这个时代最珍贵的金子

作者简介:傅天琳,中国诗歌学会副会长,重庆新诗学会会长。出版诗集、散文集、儿童小说集20余部。作品曾获全国中青年优秀诗歌奖,全国首届优秀诗集奖,《人民文学》《诗刊》《中国作家》《星星》优秀诗歌奖,第五届鲁迅文学奖。

村里通了扶贫路

付克发

村庄得了脑梗塞，
路难走，人难行，
出门一身泥，
进屋一身灰。
自己把自己囚禁在
狭小的圈子里，
出不来，进不去。

村里的人越来越少，
撂荒的田地越来越多，
土地不长庄稼，
还叫土地么？
土地是庄稼的根，
庄稼是村庄的魂，
粮食是人们的命，
根和魂都丢了，
人们还能生存么？

村里通了扶贫路，
四通八达公路网，
畅通无阻，

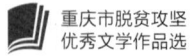

一头连着农户，
一头连着城市。
村里的公路宽了，
村里的人气旺了，
村民的心里亮了，
城乡的距离短了。
村庄复活了，
有了精气神，有了新面貌。

村庄开始恢复朝气，
大棚蔬菜，
特色养殖，
乡村旅游，
撂荒的土地，
成了香饽饽。
自主经营，
流转经营。
荒山野岭栽活了摇钱树，
不毛之地变成了聚宝盆。
村里的血管通了，
瘫痪的村庄好了，
老爷子捧着胡子笑呀！
笑得弯了腰！

作者简介：付克发，石柱县作协会员，先后在《重庆日报》《杂文选刊》《农民日报》等报刊发表作品约一百万字左右。2018年获扶贫故事三等奖，2019年6月获得汾阳市征文比赛一等奖，先后获得各类征文优秀奖20多个。

一万株水草摇曳(组诗)

海清涓

扶贫车间

不在永川城里,不在来苏街上
就在来苏乡下,就在五根松村中

那一片片鲜活的果园,就是
就是一个个新型扶贫车间

没有身强力壮的主要劳力
没有温文尔雅的知识分子
工人来自民间,工人来自锅碗瓢盆
工人来自老弱病残
工人来自新农村的另一道风景

果实累累的扶贫车间,灵活的上下班时间
让五根松村的村民,既挣了钱,又顾了家

电商扶贫

不需要排队,不需要买票
只需要轻轻推开车门,只需要悄悄记住
始发站——生产者,终点站——消费者

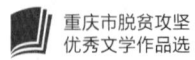

宝峰茶叶,宝峰鸽子,宝峰龙虾,宝峰桐子油
连同最后一名贫困户
都可以成为不化妆的直播明星

从龙凤桥村驶向宝峰镇,驶向永川,驶向重庆,驶向全国各地
缓缓驶过的电商车,让一个贫困村的日子
过得越来越富足,过得越来越红火

旅游扶贫

离千年古镇松溉很近
离天下情山石笋很近
进入妃子笑荔枝采摘园,我有些担心
太多的浪漫传说,会羞得荔枝重返盛唐

蚕儿吃它的碧桑,蚕儿吐它的银丝
钓鱼的,网鱼的,抓鱼的,打鱼的,相安无事
一个浪扑来,鱼已经成了渔家美食

原来,除了产业扶贫,科技扶贫,教育扶贫
还可以旅游扶贫。
新兴的乡村旅游业
让打渔河村的村民和长江上游的游鱼
一起围着渔家乐得意洋洋

一万株水草摇曳

站在报恩桥上,从桥的来历
说到宝峰人知恩图报的传统美德

说到龙凤桥村的脱贫攻坚作战体系
然后,说到报恩桥水草合作社

说到水草,不必说乡愁
客居报恩桥的水草
比如梭鱼草,比如再力花,比如菖蒲
早已学会了入乡随俗

一万株水草加一万株水草,在阳光下
自由摇曳,悠然摇曳
摇曳成报恩草,摇曳成致富宝
把村民的生活,摇曳成登东河的流向
一路向东,一路向前

十万只鸽子飞翔

清晨和黄昏,总有一群接一群的鸽子
飞过阴山的苍翠欲滴
飞过万寿山的古色古香

在临江河的发源地,鸽子的飞翔
与龙凤桥村民的幸福同行
在宝峰恐龙的沉睡处,鸽子的飞翔
与龙凤桥村民的梦想同行

鸽子用翅膀,小心翼翼打开宝峰蓝
鸽子用翅膀,小心翼翼收藏宝峰黄
所有贫困的过去,都变成了扶贫扶智的现在

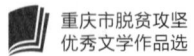

　　仰望，十万只鸽子飞翔
　　就是仰望一种新时代的辽阔

　　作者简介：海清涓，四川资中人，居重庆永川。中国诗歌学会会员、重庆作家协会会员、鲁迅文学院第三届西南班学员。出版长篇小说《罗泉井》、小说集《小世界》、散文集《种下一生痴情》、长诗《茶竹倾尘》等。

乡村梦更美（外二首）

何真宗

趁着月亮升起,我们举起目光
朝着远方瞭望,黑夜来临
山水辽阔,草木茂盛
一条茶马古道,通往古今繁荣
谁站在这里,谁就是横刀立马的风
山也是你的,水也是你的
还有,那月光洒下的温柔
也是你的,也是你的……

趁着月亮升起,把酒杯满上
把一天的疲惫和忧伤满上,干了
都干了！滴酒不漏,谁漏一滴
谁就罚三杯……干就干了
干就干了,酒是寂寞一把火
越喝心里越快活！酒是高山流水
越喝……越喝……越喝越喝
越有知音哇！

趁着月亮升起,穿过一片林梢
穿过鸟语花香,穿过秋千的童话
穿过乱石追云的木屋,穿过内心

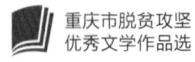

不设防的驿站——都围绕过来
饮茶，一起饮茶，老老少少
男男女女，一个都不能少哦——
茶不醉人，茶不醉人，茶是越泡越淡
越泡越淡……仿佛这人生
看淡就好！看淡就好！喝尽浓的苦味
一切都会清亮起来……

趁着月亮升起，我们一起记住
一个叫茨竹的地方，有简朴寨
有旭日山庄，有日月潭，有仙狮洞
有神鹰石，有小天坑，有翡翠峡……
这些出土的"文物"，随月光的暗淡
发出太阳的光芒……酒是家乡的酒
茶是家乡的茶，情是家乡的情……
唯独你，才是尊贵的客人，
不醉不归。——就算醉了，
整个梦，也是你的……

云上人家

云在空中，我只能凭想象
高过你的头顶，
高过你舒展的身姿
这时我以为能够看清你
洁白的舞蹈和一望无垠的坦荡
因为我一直在仰望，
那缥缈的虚无
在岁月中起伏，在风中聚散
然后化作一场雨，散落民间

云是有故乡的,在恒合
云是有根的,在恒合。云是水之魂
还是在恒合。溪流蜿蜒
古桥绿荫风雅
云就是恒合的一条白手绢
在山之巅,在一场暖雨后的树梢
"丢,丢,丢手绢,丢手绢
我轻轻地把你放在小朋友的后面
大家不要告诉她……快点,快点
捉住她——快点捉住她!"
多么美的童谣,纯洁的灵魂
唯有恒合,让一切都能返老回童
沧桑了的过往,喜悦也会接踵而至

我喜欢阳光
喜欢阳光来了云散去的透亮
这时我会更加怀念你
哪怕知道你还会来,还会来
可每次的到来,
都是不一样的风采
直到依依不舍地挥手
和久别地重逢
才知道,每一次的不期而遇
都是天作之合

故乡情思

总也走不出炊烟的芬芳,
总也走不出老屋的灯光。

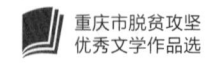

我真的想飞,
飞出朝霞夕阳,飞出小道山梁。

最亲是左邻右舍的守望,
最甜是村口古井的琼浆。
故乡,喊一声乳名,
幸福永远会在脸上绽放。

总也走不出田园的果香,
总也走不出故乡的风光。
我真的想飞,飞出年少轻狂,
飞出诗和远方。

最美是大事小情的帮忙,
最爱是春夏秋冬的暖阳。
故乡,道一声珍重,
老家始终是最初的向往。

作者简介:何真宗,文学创作二级,中国作家协会会员、中国诗歌学会理事、重庆市音乐家协会会员、万州区作家协会副主席。

大山里的脱贫景象（组诗）
——记彭水县苗族土家族自治县三义乡脱贫攻坚
胡德

追赶光阴的脱贫工作队

走进大山，他们马不停蹄
带领乡亲，在
光阴里淘金

山路，蜿蜒向上
触摸阳光
古老的武陵山腹地
弥漫着花香，鸟语，也
习惯了陡峭，艰难，贫瘠

三年前，这些
来自不同地方和单位的人
扛着脱贫攻坚的旗帜
带着问候，信念，技术，和决心
向大山深处挺进

他们接过乡亲的担子
挑起太阳和月亮

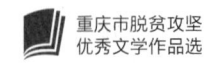

在每一道沟壑里
扦插希望
在每一寸土壤里
播种春色

与大山对弈的人,让百姓
重新认识,怎样的勇气和魄力
才能洞穿峭壁上的岩石
森林作证,野花动容
山涧有了改变的决心
背负大山,就是扛起期望

他们是惊醒清晨的人,拂动
一路晨珠,梳理着绿叶的新纹
星辰,在山野里闪耀出钻石的晶莹
敢向大山挺进的人,蕴藏刀锋
劈开最后一丛,贫困的荆棘
时间刻在这个秋天
圆满的答卷即将抵达

扎根大山的产业村长

三义乡,茶马古道,依稀斑驳
喀斯特岩溶,经年袒露
山高坡陡,沟壑纵横
加深了贫困山乡的感伤

一张红红的产业村长聘书,凝聚
脱贫制度创新探索的思路
双手接下,贫困百姓的前途

红头、白纸,黑字、红手印
一份沉甸甸的责任书
对于攻坚者,是一场别具意义的签名
按下去,就是与土地扎根
把贫困户的心和收益紧连在一起
耕耘,持续的内生动力

脱贫攻坚的勇士,挽住党的臂膀
山里林木肩并肩,保持站姿
迎风前行。母亲的嘱托在回应
青山还是那座青山,绿水萦绕期盼
车间快速爬了坡上的山间
你是厂长,却管理着大地的颜色
你是技术员,却研磨泥土的精细
你是销售员,却身背山的厚重

你们,带领一群群中蜂追赶着花期
你们,把羊肚菌种进了贫瘠的山里
你们,把中药材训练出蓬勃的英姿
你们,把山里的土产送进了城市

缭绕的云雾卸掉了包袱
野草招呼着一场秋天的盛事
贫困户用忙碌酝酿一段心路
思考,那顶帽子后的庆祝

贫困户笑了

武陵山麓,陈列着

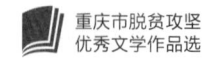

巴国的一条古老隘口
历史,在这里沉睡

岁月久远,这个
群山阻隔的边乡
闭塞,艰难,贫困

终于,春天到来
三义乡迎来了工作队
贫困户的血液在沸腾
大家呐喊着,一起向贫困宣战

时间,从未像今天这样急促
任胡须,像野草一样生长
人们奔向朝霞,收纳余晖
握紧一群刚劲的手,打捞丢失的生活

山风与野草合什
夜空揣着心事
繁星点亮一个个愿望
黎明露出笑容
三义乡升起全新的景象

作者简介:胡德,重庆合川人,中国诗歌学会、重庆新诗学会、成都市作家协会会员。曾获冰心文学奖二等奖。在《绿风》《鸭绿江》《南风》《青年文学家》等刊物发表诗歌一百多首。

驻村第一书记

胡佳清

驻村第一书记从上面下来了，
地地道道来自人民百姓。
他的身份看似很高很高，
其实把位置摆得很低很低。
降下身子进村入户，
掏心掏肺访贫问苦。
说话掷地有声，
干事抓铁有痕。

第一书记肩负责任和使命，
把弯弯拐拐的泥泞，
变成连通城乡四方的大道通衢；
把红苕、洋芋、苞谷三大坨，
变成千户旺百业兴的富裕；
把听天由命逆来顺受，
变成敢为人先自强不息；
把刀耕火种勤耙苦做，
变成有知识会技术能创新；
把穷乡僻壤边远旮旯，
变成鱼米之乡花果之山文明之地；
把软弱涣散基层党组织，

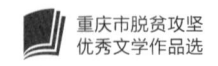

变成红旗飘扬的坚强堡垒，
带领村民小康路上决战决胜。
第一书记要让村容村貌天天改变模样，
像门前小溪流的水，
像屋后山坡长的林，
蓬勃茂盛，
长久不衰。

不会再当过客了，
第一书记挥别妻儿老小，
打起背包就出发，
把新家安在村里。
贫困村成了梦想实现的发祥地，
贫困户成了心相印的联姻亲戚。

夜里想家人了，
打开手机视频会一会，
把笑意写在脸上，
把思念藏进心里。
然后赶紧收回感情，
聚精会神谋划明天的事儿，
样样精打细算，
条条落实到位。
听雄鸡报晓，
看东方既白。

第一书记不是官衔，
是义务与担当，
是良知与爱心，

第一书记要完成今年整村脱贫,
不争第一不行啊。

作者简介:胡佳清,男,重庆市作家协会会员。在《诗刊》《星星》等发表作品多件。出版诗歌散文集4部,教育专著1部。

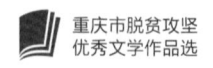

脱贫短歌

胡木非木

脱贫干部

叫大黑的狗
第一次看见他狂吠不已
现在用一双笑眯眯的眼睛
与他亲热
还伸出两只带泥的狗爪
扯他的裤管
不肯松嘴
院坝上一群芦花鸡
正值下蛋青春期
它们的记忆里
一个帅气的小伙子
来自城里

香椿树

那位姓何的大叔
忙不过来了
十亩香椿树,昨夜喜雨
齐刷刷冒出紫色嫩芽
他喊上婆姨

摘了一大筐带露的春芽

去到城里出售

他几乎忘了

二十年前来自忠县

香椿树一样扎根在这片土地

而上访户，两年前

还是他的另一个标签

  作者简介：胡木非木，本名胡学友，重庆合川人，重庆诗歌学会会员。偶有诗歌习作在《重庆文学》《重庆日报》《诗歌周刊》《重庆诗刊》《山东诗歌》《长江诗歌》等报刊发表。

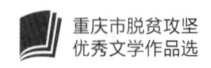

信仰（外二首）

胡应国

信天信地信劳作
日出而作，日落而息
周而复始
传承千年
农事才是最虔诚的仪式
中国农民才是最虔诚的信徒

天地间，最纯正的宗教
不过如此

访老

风轻，云淡，你如常面对
坝前扭捏的石梯，以及
小心攀爬而上的造访
浑浊之眼，无惊无喜
自顾啜上一口烧酒
褶皱老脸久历风霜
如同杯中枸杞
经年浸泡，不红不白

在公路之上，在山腰

在独享的天地,你执拗于
伺弄房前屋后的地块
让那葱蒜、莴苣,继续
在寒风中,青绿地生长
——好似反复擦拭
皲皴土墙上镜框内的女人
让她苍白着脸,仍是
挣着微笑,在斑驳光影中陪你

乡村的夜晚

乡村的夜晚是黑的
深沉的黑,放心的黑
睡觉和做梦是理所当然的
星月是上天照看的眸光

乡村的夜晚是静的
真正的静,万籁的静
夜风相和,虫豸轻奏眠曲
晨曦起,鸡鸣高音再唤醒众生

作者简介:胡应国,重庆市万州区龙驹镇乡镇干部,偶有诗作见于报刊。

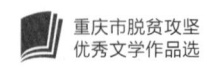

楠木桥的古树（外二首）

黄大荣

在楠木桥，一抬头
一棵古树就站到面前
遒劲的树干，皮肤裂开成
沧桑的容颜

在乡村，风水树是一道神符
佑护瓦房一片安宁
三四个人合抱的树身
手臂粗的藤蔓
是乡村孩子童年的秋千

许是生活也在荡秋千吧
老家的风水树　最终
都变成了棺木、家具以及
土灶中的柴禾

如今，在乡村
古树身上都有一块"禁伐"的牌子
肆意的斧头就此却步

行走楠木桥

每一棵古树

我都会莫名心动

棵棵古树让我想到帮扶户

楠木桥那些像古树一样的老人

与天堂父亲书

父亲,对于乡村情势的发展

我们或许过于悲观

现在,我正走在楠木桥

——一个非常偏远的山村

落日向晚　新的一轮太阳正在孕育

我们的任务是让步子滞后的村民

跟上前行的步伐

行动颇有成效

我们曾经谈论并热切展望的

情景正逐一呈现

高楼遍地

山绿　水清　宽阔的水泥路蛛网蔓延

吉祥美丽的村庄正茁壮成长

卅年茫茫,天堂可好?

父亲,乡间秋色正浓

万物静好

父亲,对于我们生活的乡村

我们真的不应悲观

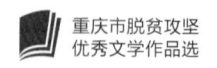

家乡，阳光铺在路上

家乡的路冤屈着

村民想骂就骂，路的痛

父亲曾体验一回

背着一袋化肥

人和背篓摔到田里

站起来时，浑身是泥

只有沙沙细雨能说清楚

有时，路罩上一层薄雾

像李商隐的诗一样朦胧

读着在懂与不懂之间

两年前，政府把石头、水泥

还有阳光，笑声

铺在家乡的路上

牛羊走在上面

发出咚咚的光芒

作者简介：黄大荣，笔名若尘、佚名，男，重庆市酉阳县人，作品发表于《星星》《散文诗世界》《散文诗》《重庆日报》《当代党员》等一百多家报刊杂志，现供职于重庆市酉阳县板溪镇政府。

石滩夜雨是乡音

黄海子

一

我就是方斗山上那只鸟了
翅膀丈量着乡音的宽与长

三角界碑上的云啊
飘向南川,飘向巴南,飘向綦江
飘向乡音能够触及的地方

从前的盐茶古道
像那条被石滩挡了一下的河流
在时光里回旋了一阵
又沿着水泥路伸向远方

二

我喜欢有着黄金般质感的事物
比如
三月开在田间地头的油菜花
还有在秋天里黄澄澄的稻谷
这些都是幸福啊

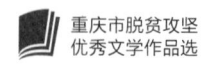

是青山绿水里丰满的华章

我是华章里的一只蝴蝶
或者是穿梭在金黄稻田里的麻雀
是充盈华章的一些符号

我看见我的翅膀
沾满了金黄
沉重得让我失去飞翔

我就是一穗沉甸甸的谷穗
一串金色的油菜花啊

三

我曾经的贫瘠的山梁啊
吹过它的风,都稀薄荒凉
我住在这里的亲人啊
死守着故土的沧桑

多年后的晚上
夜雨敲静了我的石滩镇

白天里成群的鸡鸭
在我的梦里奔跑,还有牛羊
还有像鸟般欢飞的孩子们

夜雨里乡音更馨香

我听见亲人们在对我说
心安即福,有福便富

夜雨
敲亮了我富裕的村庄

作者简介:黄伟,笔名黄海子。重庆作协会员,《重庆法制报》特约诗歌编辑。

> 重庆市脱贫攻坚
> 优秀文学作品选

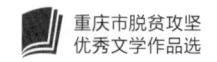

一座桥的遐想（散文诗）

回光时

巴渝之南拱出烟坡场，在泛黄的一九三六年的日历上，有几缕瘴气，有彼此起伏的虫鸣声声，中国人的第一口石油气站，也在她腹中呱呱落地，如流星般高光。

烟坡场的腋下，有一座从光绪十三年走来叫安澜的桥，是西汉王褒"天下安澜，比屋可封"的繁衍，烟与坡隐姓埋名于空灵的历史，涅槃成安澜，安澜开始在这里日复一日地长啸。

桥，是生活这篇大赋中的起承转合，桥，是生活的一根五彩弦，弹挑勾抹伴清唱，我们从未停止仰望星空，脚下只有路和桥。

安澜就是一座用岁月搭建的桥，
桥上走过牛马骡的蹄声，
桥上也有形形色色车轮的流淌，
从桥的这一头到那一头，
正走着一群有名有姓而不愿留名的人，去推开门打开窗，
在阳光的青云志中，
牵引187户617人告别了昨日，那是一曲贫穷之殇，
桥上散落一地的喜怒哀乐，有不少的故事、话题和沉重的思考……

脱贫的潘奉屈有一群鹅和鸭，
鹅是骆宾王笔下那只浮绿水的鹅，
鸭是苏东坡笔中，那只先知江水冷暖的鸭，纯粹干净，惹人清昶。
五保户赵华成，怡然坐在新修的家门口，
用皱褶的目光，看空气的绿色，看十月怀胎的九叶花椒，
脱贫人家的墙上，贴满了孩子们读书的奖状，奖状无言，凭栏远眺。
山林挂满李子，自生自灭，这是陶渊明最好的归隐处，
这方热土，从来不缺乏张力和倔强。

贫穷和富裕不是一对附体的孪生兄弟，
安澜无澜的涟漪，正用楷体在桥上桥下书写：
唯有精神也富有，方能富甲天下。

作者简介：回光时，重庆市作协会员。作品散见于《诗刊》《星星诗刊》《青年文学》《四川文学》《人民日报》《新民晚报》《四川日报》等报刊杂志。曾于1990年获重庆文学奖。

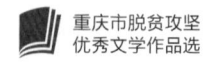

石滩镇（外一首）

琚雪

这座村舍，有宽大的森林花园
小河，奔流，安静
风，清凉，牵动朦朦雾气
鸟儿声声，掠过天空
石滩，在时间之外
不疾不徐

清清泉水石上游
层层梯田油菜泛金光
爬上方斗山，一脚踏三县
一杯烤烤酒
喝出浓浓乡中情
悠游双山寨
绿影横斜，一水千叠

森林人家，古朴十一居
城里没有的大院子
石滩处处有
任书记，率团队
下农户，走四方，严考察
脱贫攻坚

石滩换新颜

晨风轻轻吹

那些花草和我,挂着露珠
沉默,清新,自然
云缝间,初升的太阳照在石滩
三两人,行在路上
采摘草药,野菜和一些心情

风经过我,经过山里流动的生机
一只鸟在头顶,一会左,一会右
像飘泊归来的人,清空行囊
把自己放心地放在山野
这里的生物不欺诈
这里只有自然生长的姿势

沐浴山林潮湿的空气
经过一片荒野
把余下的悲伤扔在那里
我行走,满心欢喜
风轻轻吹,吹开云雾
低头,阳光打在路旁更小的石头

作者简介:琚雪,女,中国诗歌学会会员,重庆新诗学会副秘书长,著有诗集《南方有雪》。

重庆市脱贫攻坚
优秀文学作品选

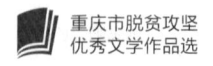

扶贫路上（组诗）

兰采勇

贫困户

感觉是在虚度时光
该用怎样的一颗心，接受
阳光路上逆行的自卑与惶恐
操盘命运的双手，一次次
错过我们的拥有和失去

谁会想着与贫困做伴
贫困让人孤单，疲倦，苍老
像身体内隐藏的一道伤痕
会在某些天气窜出来
拉扯着骨头连着筋的疼，越来越疼

我们想着，向时光借用或购买
好身体，好学识，好手艺……
装饰出一条开阔的路
用沿途的美好止疼疗伤

入户调查

我来了。第一次，第二次……

佃维老哥子,请原谅我
翻出了你的一些隐私
此时,我是医生
正在寻找治病的良药
望闻问切,刨根问底
像深挖一口水井,探触到泉的心

治标治本
要开好方子
用内心的泉辅以文火煎熬
一双略显枯瘦的腿跃跃欲试
找到站起来的力度和奔走的方向

一路搀扶

入村入户的次数越来越多
并不是冒昧的闯入
要用语言和肢体动作忽略彼此的陌生
佃维老哥子,我不会给你虚无和假意
要帮你从思想上扔掉笨重的过往
前些年你掉队了,如今我搀着你的手
一起在推敲和衡量中寻找星光

先把你家的D级危房重新修建
钱的事情由政府补贴。饮水管道铺在家门口
拧开水龙头哗哗哗,像你压抑许久的笑声
看病有医保,细粮有保障
靠山吃山,再种点经济实惠的农作物
收获时节我俩一起握锄挥镰
汗水,过滤掉昔日的隐晦和躲闪

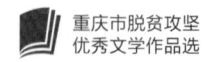

散发出明亮的颜色

我们谦卑,绝不与时间为敌
我们倔强,定不会屈服命运
交叉温热的双手,一起策马鞭指远方

扶贫日志

不只是简单地在本子上记录
姓名:李佃维。性别:男。年龄:62岁
致贫原因:缺技术、缺劳力、自身发展动力不足
也不能仅仅是纸上谈兵
要用实实在在的规划和远景
安慰多年积压的长吁短叹
要回到当年家中愁穿愁吃的年代
挖空心思从苦闷中抽离出来
把身子俯下去,再做一回农民
关心蔬菜和粮食。隔离贫穷的陈旧的思考方式
以积极的健康的速度的笔墨,书写
时光燃烧的火焰,植物发芽生长开花的周期

当日志本翻页的时候,恰如生活在翻篇

作者简介:兰采勇,重庆人,文化工作者,现为重庆市作家协会会员、重庆市民间文艺家协会会员,已出版诗集《刻下来的时光》《我的乡愁我的情》、散文集《一辈子的村庄》。

四面新墙暖心房（外二首）
李华

不敢说
一堵墙能把所有愿望装
但是，这堵墙
装满了新希望
再不会夜来风雨声
屋里响叮当
再不会秋风破阵子
断墙惹人慌

小屋藏希望
从今后，四面新墙暖心房
新希望　破土长
一天更比一天长

花间小路

这些花一样的蒿草
一夜之间也矜持起来
羞羞答答地站在路边
迎接来往的客人
点头或者伸手
总懂一些待客的礼仪

可能

他们经过某种培训

在田间技术学校

技术员不止一次地强调

田园与花园的关系

听得多了

花儿们　草儿们　就有某种领悟

不需要主人侍弄

摆放他们的姿势和位置

他们自己

也站得直　站得稳

他们自己知道自己该站在哪里

该站成什么姿势

才最有风姿　让人赞赏

最有雅趣　让人着迷

他们站得谦恭随和

彬彬有礼

不卑不亢

井然有序

知道进，也懂得退

把花间小路铺成缎面

把乡村铺得繁花似锦

等一朵花的盛开

明月照巴山

千里寄相思

遥望天坪山
格外惆怅

一朵花的盛开
有一朵花的离殇

一朵云的聚散
理由都不牵强

点点泪,两行
点点愁,淡忘

每一次梨花盛开
都盛满了满山遍野的希望

等一朵花的盛开
等收获团圆

作者简介：李华，笔名竹子。中国诗歌学会，重庆市作家协会会员。出版个人文集《在路上》，诗集《约》《故乡》。发表作品800多件。供职于重庆市巴南区农业农村委员会二级调研员。

光（外一首）

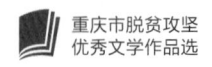

李美坤

那个翻山越岭
一路访贫问苦的人
笑容的光芒
驱逐疾苦和荒芜
照亮人们心里的寒舍

他是光的播种机
更多的光束，于是汇聚
他走过的土地
就生长出蓬勃的动词

沐浴光芒的人们
眉目舒展，额头明亮
由受光体变为发光体
映照红火的日子

中益治贫

病灶——
生产落后，交通梗阻
房屋遮不了眼里的风雨
产业结构和发展意识如浅土薄地

营养不良。久困于穷
引发气不顺畅、闹心

处方——
精准,是准绳,是显微镜
扶智、扶志,活血化瘀
筑路,打通毛细血管和动脉
栽果树、种药材、植花卉
蜜蜂采出甜蜜的事业
让学校教育搭乘上5G
让土家山寨摇身一变成民宿
让山水田园风光
走进游客打卡的朋友圈
钻进村民的钱袋子

药引——
干部帮扶、引路,为乡亲拾薪
雪中送炭中,扶上马再送一程
弱鸟要先飞
用双手铲掉杂草、拔出病根

医嘱——
好日子是干出来的
要想实现两不愁、三保障
必须先吃苦黄连,后享甜蜂蜜

作者简介:李美坤,男,重庆市大足区人,有诗作散见《星星》《重庆晚报》《重庆科技报》《西安晚报》《中国审计报》等报刊。现为重庆市大足区融媒体中心副主任、大足区作协会员。

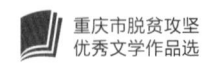

种黄连的人

李元胜

网翅蝉的根子是大风堡
它用翅膀模仿
丛林庞大无边的根系
用它沙哑的声带
把泥土里沉默的国度
想要表达的
唱给人间听听

山百合的根子
像一个看不见的纺锤
天空弯曲着
悬崖弯曲着
被它一层又一层
薄薄地卷在一起
昔日的世界
在黑暗的泥土深处
被花瓣
一层又一层合抱着
就这样睡着了

黄连的根子

是它们想走
却从来没能走的路
没能实现的
都很苦
藏在心里面的苦
就像寨子里的那个瘫子
总是在院子里仰着脸
它们也爱仰着脸看天
就像空中
也有它们想走的路

土家寨的根子
是那些小路
它们一言不发
只把大山紧紧拉住
它们不能松手的
一松手
寨子就成了
水面上的浮萍
风一吹就会飘走

种黄连的人
没有根子
或者,此间万物的根系
都是他的
网翅蝉的沙哑声带
百合花的秘密花瓣
黄连的苦
村寨的抓住大山的手

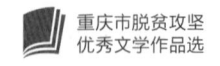

都是他的

深夜，当他推开家门归来
身后拖着他庞大的根系
枕着新书包的孩子
在梦中看见了
这一切
它如此神秘
闪耀着金属光泽
就像一条灿烂的银河

作者简介：李元胜，男，诗人、博物旅行家。重庆文学院专业作家，重庆市作协副主席、中国作协诗歌委员会委员，曾获鲁迅文学奖、诗刊年度诗人奖、人民文学奖、十月文学奖、重庆市科技进步二等奖。

水与爷爷家的距离

刘唱

小时候,水与爷爷家的距离
跟扁担和木桶联系在一起
爷爷挑着一担担的水
艰难前行中蹒跚的步履
压弯了扁担
磨平了桶底
压得爷爷背影佝偻

后来,水与爷爷家的距离
是几百米拇指般粗细的塑胶水管
每当下雨,总需要一支气枪来撑起
从溪水沟的接头起
爷爷在那边接口打气
我在这边接口观看
被气枪打出的水中夹杂着淤泥
爷孙俩,一个接一个接口打下去
直到水顺利地流入家中
刚打通后的头水,仍有太多的黄泥

现在,水与爷爷家的距离
不过水龙头旋动的距离

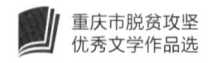

龙头一开
哗啦啦的水流声便会响起
水流清澈、甘甜、爽美
爷爷的家还在那里
石缸早已废弃
扁担已锈迹离离
木桶早已不知所去
住在新房里的爷爷说——
乡亲们对党和国家非常感恩

作者简介：刘唱，大学毕业后经历多种工作，唯有文艺初心不忘，业余爱好看书，现为石柱县水利局办公室的一名干部。

摘帽（外二首）
刘辉

这顶帽子　如同
寸草不生的荒原
压在我们头上
世世代代　岁岁年年

好想——
摘下它　甩掉它
祖祖辈辈打着赤脚光着上体
把山崖磨出
深一道浅一道血痕
父亲又把生存的纤绳
狠狠勒进肩胛
仍然撼不动
一丝贫困

如今　我们大步走来
踏着新时代的鼓点
发起向贫困最后宣战

机关来的第一书记
用真诚和汗水

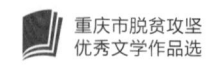

滋养那片干涸的土地
城里来的老板
铺开被褥
也铺开会战蓝图

终于　顽固如牛皮癣的贫困
在我们这一代人手里
摘帽绝迹

翻过这道山
我们就与全面小康
如约结伴

那片李花

这是一场蓄谋已久的
改变
春天里　与一场雪
不期而遇

那片纯净而脆嫩的白
覆盖了大垭村的原野
也抹去了土地
往日的单调和困顿
一茬茬长出收成
长出山里人希望

花丛中
一群村姑正浅笑迎客
不经意间　这些女子

把绿水青山
解码成金山银山

简老汉的吼山歌

简老汉肚里
藏着不少山歌
过去缺吃少穿
他吼不了几腔
就瘪了

而如今
简老汉的山歌
又多了起来
别人娶媳妇　他唱
村民盖新房　他唱
哪家买车　牛羊下崽
都在他山歌里响着

他的山歌一吼
村头的喇叭就哑了
他的山歌　吼得
山谷绵绵回答
城里来的新媳妇听了
心尖颤悠悠地想
一听　就想笑
一笑　也跟着哼几声

作者简介：刘辉，重庆作协会员，出版有《刘辉自选诗集》和纪实文学作品集《小家大国天地情》，现供职于政府部门。

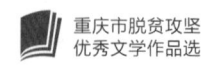

贫困户刘财发在讲习所
——记嘉平大垭村扶贫讲习所
刘光敏

贫困户刘财发
取名财发却穷得响叮当
半百之年回炉垭口上
坐进了讲习所的教室

四十年前
启蒙老师讲台上教读 a o e
他心念下课掏的鸟蛋
还有教室外刺苞上的蚱蜢

四十年后
驻村书记讲解配料　保果
还有电商销售
他怕漏过一个细节

垭口清风笑呵呵
"刘财发,刘财发
还把树苗送人
猪崽卖掉吗?"

"哪个会干那个事哟！
有公路上山
有技术指导　有销售平台
定让树苗挂金果
猪崽养成大肥猪
再也不当贫困户！"

作者简介：刘光敏，重庆江津人，教师。重庆作家协会会员、江津区作家协会副秘书长。

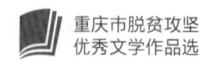

磁 石

刘清泉

人长得大众,心却精细入微
拿出瓜子请我们热情地嗑
一棵棵向日葵便长满了整栋楼宇
葵花是笑脸,瓜子壳也是
葡萄酒是红心,葡萄也是
好朋友是兄弟姐妹,客户也是
作为一家新型零售服务企业的老总
举手投足总比普通员工更普通
这应该就是他的经营之道——
把理念落在行动上
把真诚刻在人心上
把时间花在脱贫攻坚上
把责任担在自己并不健硕的肩上
我还听说过他不离不弃的爱情故事
濒临绝境而坚韧不拔的人生传奇
但他本人并不说破
他的口头禅是"交给我来处理"
就像离开荣昌那天,我们的
车胎破了,他说出了那句口头禅
一个小时后我们就驰骋在高速路上
细节决定了,一切都会水到渠成

就像这首诗,也会有它的归宿
这个叫赖长华的中年男人
让四万会员"赖"上了他,而他
恰是一枚富有吸附力的磁石

作者简介:刘清泉,四川安县人,现在重庆师范大学工作。重庆市沙坪坝区作协主席,出版诗集三部,著有诗歌评论集一部。

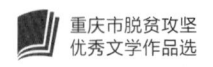

塘湾村印象

刘晓霞

一

松针似的阳光,斜搭在塘湾村
这里的空气不含粉尘、废气与污染
每走一步,体内的浊气
等于被排空一次

一眼望去,万物复苏
塘湾村被寂静的绿色所笼罩
没有一粒尘埃从脚底飞起
树枝低垂的角度,亦恰到好处
每片叶子,身披春天的希望

二

羊鹿山下,曾经的荒山野岭
如今,一千亩的梨树开了花
枝头挂满了羞涩的果

果与果之间,紧密挨着
它们体内甜蜜的汁液在碰撞
村民的嘴角,弯成一道道弧线

连成一大片欲滴的翠绿
扎根于这一方噙着汗与泪的热土
它们有着和村民相同的意愿

风吹过来,它们荡起巨大的绿波
我身列其中,眯上眼
一半想象,一半小幸福

三

扶贫干部闭口不提苦与累
只笑谈村民的"两不愁三保障"
他们的心,其实很小
只够装下全村贫困户的名字
村民针尖大的事情,对于他们
都是每天讨论的主题

抬头的目光,正好
撞上他们一脸的憧憬
那些笑容里,仿佛有一丝裂缝
明亮的光穿行其中

他们咬破手指,指向辽阔
一群壮志凌云的人,冥思苦想
如何带领村民走向另一条路

四

塘湾村啊!干净的水质
引来无数的梅花鹿安家落户
曾经一团乱如麻的日子

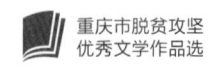

被生活用丝线重新缝补
出走的妻子,被接回了新家
沉闷许久的屋里,又传来欢歌笑语

这里不仅生长五谷、阳光
还长出大智慧和顶天立地的硬骨头
奔跑的河流为一个梦驻足
雀鸟的翅膀,栖满村民的屋檐

一碧如洗的天空下
一条笔直的康庄大道
呼啸声,欢呼声穿风而过……

作者简介:刘晓霞,中国诗歌学会会员,作品发表于《纽约周刊》、《人民日报》海外网、《企业家日报》、《山东诗歌》、《重庆晚报》、《重庆科技报》等;部分诗歌收录于多种版本的选集。

扶贫记

隆玲琼

捷径

第一次到隆家沟,我们想抄近道
果然,迷路了
这个导航系统都未收录的山村
除了无数个小山头,竟还
不断出现十字路口、三岔路口
是的,这个闭塞的山村
入口难找
当然,认路终归比开路简单
我很快熟悉了哪一条路连着秦婶的地坝
哪一条路又通往李叔家的花生地
我还找到了一条捷径,荆棘丛生
一棵棵刺梅,总在五月及时挂出小灯笼

入户调查

她让孙女叫我姑姑
孙女甜甜地叫了,我也美美地应了
那么,这样算下来,我应该是她儿子的妹妹
(她的儿子比我大)
应该是她的女儿,一个讨人爱的幺女儿

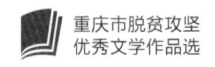

正因为这样,事后
我对我接下来的问话感到羞愧,耿耿于怀
"生活怎么样,还有什么难处……"
当时她一直摇头,笑着不说话
像极了一个宽容的母亲

稻草人

又一次在地里找到她
坐在一个稻草人旁边吃干粮。交谈
仍离不开耕种之事:
红薯刚栽下去,包谷种了六斤种子
这两天在种花生,准备再种点毛毛菜……
她拄着一根竹竿站到田坎边,指我
看远处待播种的土地
四月的阳光带着风,大大的草帽下
她花白的头发有些凌乱
像另外一个稻草人
不同的是,她挑出来几颗不太饱满的花生米
扔向不远处张望的几只麻雀

有水自来

听说要给水拍照片,她乐颠颠地带我们进了厨房
打着手电,在案板底下
一个陶瓷水缸上面
拧开一个干净的塑料水龙头,指我们看
"清亮得很呐——"
她满目慈爱,像是对着一条长长的河
发出了赞美,然后

又拉着我,这孩子,真是好得很呐……
年过七旬,从没有缺水概念的她
一脸喜悦地牵着我,像牵着满山村的清溪浅水

路

李老伯拎着一袋柚子在村口堵我
他说自家树结的,牙不好不敢吃
放着要坏,坏了只有扔
硬生生把我说成了拯救柚子树的人
这也就罢了,车子发动时他匆匆靠拢
很不好意思地说:隆妹,那个路也好了,谢谢
他的身影在后视镜变成一个点后快速消失
我的脑海却浮现出道路千万条
柏油路,石板路,村道路,田间小路
小康路,致富路,来路,出路……
我想不起来他说的到底是什么路,是哪一条路
这个质朴寡言的农民,又硬生生地塞给我
一条路的功德。猝不及防地
在这场攻坚战中,我成了最大的受益者

访谈录

他说这些植物命贱时,带着宠溺
他说苗子都是从镇上领回来的,感觉他再一次
领回了自己的儿时
他细数着淫羊藿的随遇而安
七叶一枝花的微量毒素,三叶青的喜湿耐寒
穿插了一个七岁孤儿的归属感
和授人以渔的乡村叙事

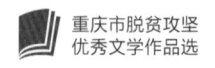

700米的海拔与大片青绿作为谈话背景
我没有不解之处
也不打算再挖取一个七旬老人
执意将10亩中药材扩种至40亩的有限线索

　　作者简介：隆玲琼，重庆石柱人，现居重庆丰都，有作品在《诗刊》《红岩》《星星》等刊发。

谭婆婆（外一首）
娄格

小时候，不知道有银杏树
只晓得白果好吃
白果上市那阵
我天天到柜台上去买
一分钱两颗
买的次数多了
五保户谭婆婆有时会多给我一颗
后来我长大了
打听到白果真的是恐龙的食物
它们结在银杏树上
当我得知扶贫队的干部经常来村看望谭婆婆
而谭婆婆不依赖救济生活
我已经学会了做人

到红豆杉村去扶贫

作为树，她老了
作为祖先
她把我们叫到膝下——
"张汉银50岁那年外出打工
不到半年功夫，拖着一条残腿回来
他家的土地一半撂荒

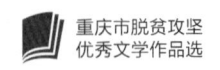

还欠着一茬庄稼"
"五保户石桂花家的水缸
已经舀不起老人的皱纹了"
建卡贫困户……
还有……
不等听完介绍
我的心如针扎
红豆杉啊,你是村子的保护神
我来到你的跟前领受任务来了

作者简介:娄格,本名付显武,重庆市作协会员。作品散见《诗刊》《星星》《诗歌月刊》《红岩》等数十家报刊。有作品入选《中国当代诗歌导读》等多种选本;出版个人诗集《梦比现实只晚一步》和《岁月的折痕》两部。

幸福梦（外一首）

罗晓红

塘坝没有一处闲笔，即便是
曾经板结的土地，也被枳壳救醒
汗珠晶莹，盐分从不滋养懒惰的筋骨

小龙虾读懂天机，主动出击
占田为王，让"V"形姿势成功霸屏
柠檬也使劲开花，拼命地黄
坐上中欧班列，它曾经的辛酸自有人懂

扶贫干部说，蚂蚁也能搬动千斤米粒
汗水洒落的地方一定有富裕的家园
不信，天印村的蔬菜瓜果都可作证

叩开门，这一处那一处
塘坝回响的敲门声，是扶贫干部弹奏的
最动听的音符，那是泥土苏醒的呢喃
是庄稼拔节的声响，是雨水拍打新房砖瓦的欢笑
是潼南"五朵金花"携手飞奔的足音

还缺些什么呢？手上已拎满梦想

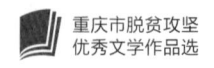

贫瘠已无处安放,还需要些什么来维系地久天长
那就弯下腰,让锄头和泥巴完成亲吻吧
塘坝的风变甜了,你的梦和我的梦
就是这世间,最幸福的梦

塘坝的风是甜的

风吹进塘坝,万物突然安静了
阳光追进俞桥村,反复确认
你是不是贫困户,是否需要帮助
我承认我需要,用肥沃的泥土
来填满贫穷的想象

粉红多汁的脆桃,把我
喊进桃林,毛茸茸的小蜜桃
在我掌中流淌出甜蜜的泪
勤劳的蜜蜂啊,看到这满树的红
脸上,定会笑出桃花纹

在塘坝,我像一台摄像机
把拔地而起的新楼,挂着露珠的果树
塞满镜头,其实我更想成为记录历史的大书
让扶贫干部攻坚的脚步,变成楷书或狂草
让劳动者讲完的脱贫故事,在我书中重新鲜活

更多时候,我希望风
每天都来翻动我的书页,直到我
成为风的另一部分,我就可以带着时间的印章

进入塘坝香甜的梦

去盖上祖国给我的,幸福烙印

作者简介:罗晓红,笔名紫罗蓝,重庆作家网编辑。重庆市作家协会会员,重庆散文学会理事,重庆沙坪坝区作家协会理事兼副秘书长。有诗歌、散文、小说发表于国内多家报刊,作品被收入多种选集。

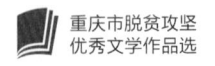

在龙山村（外二首）

茉莉

将春风扶上犁铧
滑翔伞扶上山顶
放心水扶进久候的干渴
大马路扶进闭塞与颠簸
鸡鸭猪羊、瓜果蔬菜，扶进线上
抖音、直播间

就将青草与泥土的香，田埂上奔跑的童年
扶进云端。递给山外
举头明月的人，低头故乡的人
也将销路与订单，扶上脱贫的快马
送一程

此地祥瑞，传闻有龙现身
有庙宇隐于山林。好心肠的菩萨
一定也教念
致富的经

关胜村的魔芋花

后悔来得太迟，错过村口
一抹桃红的浅笑
后悔来得太早，山路上，忍冬还未有开花

后悔不曾回头,错过春风十里
新茶吐蕊、抽芽

真令人忧伤呀
我来得不是太早,就是太迟

唯房前屋后,淡紫的泡桐花
一丛丛,簌簌地落
数百亩魔芋基地,开出魔幻的花
像扶贫的种子,撒进土壤,变出的戏法

花椒林

春风也有情,经驻村干部的手
轻轻一指
有了碧绿之心
放出的饵多么诱人,狗鼻子灵敏
牵我走过田间地头
幸福的石板路。苔藓薄薄地
角落里偷听:又是一年好收成
而风吹麦浪,甘心迷途之人
起伏跌宕
蝴蝶飞呀。万事俱备
只待你牵手,走下青涩的枝丫
煎炒烹炸、焖熘炖熬
调制出乡亲们脸上,洋溢的光彩
麻辣鲜香

作者简介:茉莉,重庆沙坪坝人。诗人,重庆新诗学会会员、沙坪坝区作协会员。医务工作者。

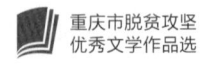

古木无人的小径（外二首）

倪金才

古木无人的小径
直通古镇与乡场
附近的乡民
踩着它的琴键走出去
踩着它的琴键走回来
去与来之间
荡起欢乐的歌声

古木无人的小径
像一条脐带
连着乡村的节奏与心跳
连着农谚与墒情
在季节的更迭里
牛也走过，羊也走过

自从修了通村公路
村庄旧貌换新颜
古木无人的小径
完成了自己的使命
静静地躲进树林里
爬满了寂寞的青苔

再也没有人来了
它将藏起风声与鸟鸣
平静中度过余生

高速公路开进了高山大岭

我的祖辈生活在大山
一直踩着乡间小路的琴键过日子
我的母亲一辈子守着
一亩三分责任地
草一样过完一生
我的父亲徒步穿越大山
最远去过遥远的县城
我的哥哥十八岁出门远行
再也没有回来
自从高速公路开进了高山大岭
开进我的家乡
我祖辈坚守的土地
种上了油茶和希望
村里的年轻人
从远方带回了普通话与时髦
原生态的山水
成了旅游的名片
藏在深山的古村落
开始接待远方的游客

大哥

大哥搬进新家那天
我从城里赶到了乡下

扶贫工作组的田干部
坐在他家屋子里
就像坐在自己家里
大哥曾经有一个家
有老婆和孩子
大哥曾经有过梦想
在家乡种一片果园
开一爿农家乐
大哥外出打工那年
把孩子撂给瘸子二叔
大哥回来那年
却把老婆丢在深圳最大的电子厂
从此好逸恶劳
把梦想扔到了牌桌
把生活捆上了酒罐
把一身好肌肉
浪费在自暴自弃里
作为村里的贫困户
我的大哥，田地荒了，他不管
家宅破了，他不管
两个孩子，一个上小学，一个读初中
他从不过问
田干部第一次去他家
他竟然伸手向他要钱
好在他们都是同龄人
沟通不存在障碍
一来二去，他们成了交心的朋友
大哥心里的苦，在
他的安抚下化作了青烟

大哥心里的梦想，在
他的鼓励下重新发芽
大哥戒了赌博、酗酒的恶习
重新变成了一个
抬头挺胸的人
他承包了对门的荒山
种上了桃李和花椒
他住进新房那天
漫山桃李芬芳
花椒抽枝长叶
向着阳光，晃动着
碧嫩的枝条

作者简介：倪金才，土家族，中学教师。诗歌在《星星》《诗潮》《诗选刊》《扬子江诗刊》《中国诗歌》《草堂》《福建文学》等刊物偶有发表。

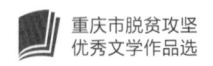

石柱中益人
——写在习近平总书记考察中益乡一周年之际

泥文

这里曾经有海拔800米到1900米高度的困苦
与黄连一样的命运
这里两山夹一槽,有高天林深的风景
却户户门庭厚集霜雪
这里大江大河流淌不息
却隔断了与时代接轨的途径
在山水的夹缝里喘息地生活
活成了大山冬季颓废的植被
活成了时代最低沉下滑的音符啊
石柱中益人,不知道哪坡泥土
能种出幸福的自己……

脱贫攻坚的号角响在缺门山周围的时候
把脉的手搭上你的曾经
石柱中益人
你是不是心中有过疑惑
这一方水土深挖细掘又如何能创造出奇迹
你们不明白你们的山水自带黄金——
开辟多条通往新时代的路径
育一山又一山的蜂蜜
种一乡中药材

兼及辣椒,鸡羊,石蛙,羊肚菌……
产业结构的眼界,一步步打开
志与智脱贫——
青山绿水里深藏致富的药罐
适合快火慢熬,治标而又治本

沐浴在新时代的阳光里
石柱中益人,一年一变样啊
吃饱,穿暖,就医,畅行——
从居住房屋的改造到道路的修建
从土地入股分红与上班拿工资同行
从医疗环境配备到学校的再建设
那是没有间隙的零距离

看啊,如今的石柱中益人
因地制宜的迁居,劳务输出的技能培训
医疗保险救助,最低生活保障
华溪村、坪坝村、全兴村……
种一山茱萸、盐肤木、脆红李——自我"造血"
欢欣的脚步,顺着
田间地头硬化了的步行道
顺着中益乡的柏油路,蜿蜒着走出贫困
兰花香啊,荷花美,黄精喜人的长势
你不说,怎么去感谢人呢？知道该感谢的人
在子贤孙孝里,弹奏一曲幸福之路
——衣食住行里全都是温暖的阳光,小康必会来临

作者简介：泥文,本名倪文财,开州人,中国作协会员。出版诗集《泥人歌》《我多想停下来》。

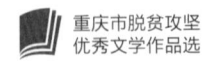

阳光照在羊鹿山上（组诗）

泣梅

我们来对了地方

山路泥泞了过往
我尚存，凹凸不平的想象
凭着经验
我们留出了沿途颠簸
以及，错车等候的时间

从丰盛下高速，我们又奔驰在
另一条多氧的高速路上
平坦的肯定句，直抵乡村宽敞的心
我们比预期早到了许多
这是羊鹿山，这是塘湾村吗
难道导航指错了位置

一茬又一茬庄稼更新了记忆
大树结盟，新房林立
整洁，美观已成为这里的常态
水泥大道像纽带
串起了家家户户的笑颜

走过来的乡村干部
有学者的睿智,农人的质朴
他们饱经风霜而不世故
妙语连珠又不圆滑
在阳光下,我看着他们
像看着小洋楼前缀满果子的大树

我们来对了地方
错的,是我陈旧的心

展板

他们搬动展板,摆在
乡村办公楼前的阳光下
像搬动脱贫的缩影
或者,叫岁月的奖状

整合力量,产业扶贫
真心唤醒真心
拉直弯路,奉献的轨迹
也是汗水和时间流淌的轨迹

摘果酿酒,危房改造
垒高了"两不愁三保障"的堤坝
他善引导,他喜播种
脱贫路上开满团结和感恩的鲜花

一块展板一首歌
我听到歌声与阳光同行
把塘湾村的笑语
镶进了羊鹿山富裕的表情

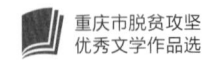

千亩梨园

荒山是它,绿海是它
经历了怎样的变迁
年轻的梨树学会了负重
一起弯下腰,顶着果
保持随手采摘的高度

我分不清哪一棵是黄冠梨
哪一棵是翠冠梨
但我知道,有一片是贫困户的
有一片是低保户的,残疾户的
他们纷纷要求入股,入的
是一份信任,更是满满的希望

崭新的太阳能灭虫板
像高高矗立,守护梨园的灯塔
一个梨子,一分红利
梨子走出千亩梨园,走出羊鹿山
离的是荒,是愁,是贫穷

穿梭梨园,阳光照亮乡亲们的笑语
也照暖梨树油亮亮的新叶
这富有的亲戚,俯身火红的观景
步道,聆听着村庄奔跑的回声
我却像风,贪恋这里的清新和广阔

感恩

鸡产下蛋,瓜在瓜藤上摇晃
路向远方,给筑路人以希望

春天播种,秋天还赠以果实
我若在羊鹿山
一定是个普通而幸福的人
操巴南口音,走村串户
忙时养鸡喂鸭,种树卖瓜
闲了,就去数数往来步道的客商
或者和梅花鹿打滚,谈心

我不想刻意赞美什么
但塘湾村真的不像农村
更像观景村,收获村
我若是塘湾村人
必是回村创业第一人
必是产业致富第一人
也必须是主动守卡第一人

然而,我无法按住涌动的波涛
只能絮絮叨叨
写下这些简陋的文字
感谢羊鹿山的阳光
清洗了我黯淡的春天
感谢偶遇的塘湾村乡亲
送给了我一个明媚的四月

作者简介:泣梅,本名梅军,重庆市作家协会会员,四季风文学副主编。作品散见《星星》《散文诗》《诗选刊》《四川诗歌》《作家天地》等。

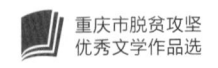

开心农场（外一首）

秦开勇

在开心农场,我们是一棵开心的菜
绿色的脚走在田亩间
饱胀的笑声挂上菜架,四季豆的脸
憋得紫紫的,一架蜻蜓巡航过来
投送蓝天白云
镜头对准的那块菜地,张嘴喊出了茄子
青色的长椒
与重庆妹子有相同的辣味和细腰
苞谷背着幼小的娃娃
卷心菜裹紧城府
天地隐在其中
黄瓜在味蕾里秘制童年
一个家,"五谷丰登"的长廊
我们被清风端上桌:花生、番茄、红苕干
稻花香里说丰年,青李、黄橘友情客串
蝴蝶和阳光在廊外编织
一个午后悠长的栅栏

命名,或香水百荷

这样叫一口荷塘多美

这样叫一群误入藕花深处的
红裙子绿裙子白裙子……多美

——她们沿曲桥向两边拨开自己
从身体中取香水,多美

这样为一座庄园命名
多美

作者简介:秦开勇,重庆市作家协会会员,沙区作协理事。

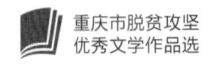

扶贫路上，我们同行(组诗)

戎子

大垭：千亩桃李正待摘

好一个"花果人家"，在大垭村杨柳四社
举目远望，成片的山坡地，千亩的果树
在雨露的滋润下，粉的桃，紫的李
挂满晶莹的水珠像喜泣的泪，诉说着翻天覆地的改变

这是曾经贫瘠的南部山区，山高坡陡，耕种不利
荒废已久的大山成了无人问津的牵挂地
是党的一声呼唤，是一举为民的措施
让遗失的梦又回到了老百姓的生活里

走向富裕，摘掉贫困，因地制宜
2015年，是脱贫攻坚划时代的一年
在大垭，以脆红李为主导的高山小水果示范基地
以合作，代种，投资，劳力专聘等一系列的精准扶贫行动
把幸福的大门重新铺展在青山绿水之间

当驻大垭村扶贫工作队的同志指着万千的硕果
向我们描绘一年一度的"果实采摘节"美丽画卷的时候
我不由得欣慰

那些丰盈的杨桃、脆红李、蓝莓、柑橘
正飘香在大城小镇的每一个角落

一线：像徐秀一样的基层扶贫工作者

尖巴山，一山横亘两个市级贫困村
大垭村和紫荆村，这是一线扶贫干部心中的疼
在尖巴山脚江津区脱贫攻坚讲习所嘉平教学点
分管扶贫工作的镇党委副书记徐秀笑着说
每次走村下户，乡亲们都要问："徐书记，你的鞋还能穿吗？"
其间含义，只有老百姓知道
意思是"徐书记，你的脚都走大了——"

在每一个重点建档立卡贫困区域
像徐秀一样的基层工作者
随处可见，他们辗转在熟悉的山林滩沟
他们流连在坡地田埂，他们奔赴在技术、物资、救助的现场
每一张布满沟渠，挂满汗水，黄褐色的脸上
都有着坚定而充实的致富憧憬

"思路决定出路；苦干、实干，真心为民！"
这是嘉平镇镇政府从上至下统一的战斗方针
是不可动摇的一种职责和使命
徐秀继续说，她理解的扶贫宗旨就是"扶志、抚心、服务"
在大好政策的引领下，以实际行动让老百姓得到实惠
看到光明，才能摆脱"等、靠、要"的惯性思维
通过帮扶结合，自身努力
才能真正取得脱贫攻坚的胜利

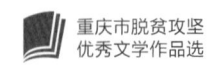

平凡的扶贫工作者
我们默默记住了他们的名字
"王志勇、尹佑冬、曹承、刘国伟、杨艳、
夏淋潇、黄勇、韩准安、龚元照、邱令陶……"
他们是奋战在一线扶贫阵地中最可爱的人

紫荆精神:永远的丰碑

在紫荆精神陈列室,一台拖拉机闯入我的眼帘
这部由村民抬了三天两夜的机器
开启了从无到有,化腐朽为神奇的致富之路
"苦干、实干、爱村、奉献"的紫荆精神
1998年被中组部肯定
紫荆村党支部也被表彰为全国优秀基层党组织
老一辈奉行的一个"干"字
而今,在紫荆的土地上世代相传,生根开花
便民服务中心的大门两侧
"破除穷自满,践行富不骄;贯彻新思想,强化新担当"
一个众志成城的脱贫攻坚思路
正绘制着青山绿水的美丽诗篇
你看,那粒粒香飘千里,麻酥酥的花椒果
那修缮完整,整齐宽敞的生猪代养基地
那果蔬正茂,成坡成片的扶贫蔬菜产业园
还有未来乡村民宿的规划……
我坚信,不久的将来
紫荆人会塑造另一个不朽的丰碑

远景:在希望的田野上

雨后的光芒总是让人倍感惬意,越过大山的脊梁

渐渐扬起炫目的丽景,风在耳边轻轻地吹
树林在摇曳,繁花在盛开,山峰在回应

扶贫升级,是每一个嘉平脱贫攻坚人下一步的工作重心
有了坚实而牢固的契机
赋予了脱贫攻坚任务更多的设想
衍生的各项原生态的耕作、健身、旅游、康养
正逐步进入我们的视线

亲近自然,回归平静,回到梦萦魂牵的家
回到生我养我的土地
遐想,游走在富裕的田野中
那张贴在每一个脱贫致富实践者心中的蓝图
该是怎样的辉煌
绿色的终点
希望的海洋,将会在美丽的南部山区掀起朵朵喜悦的浪花

作者简介:戎子,本名袁军,70年代生人。重庆市江津区作协理事,《几江》诗刊副主编。诗歌散见于《星星》《草堂》《中国诗歌》《诗歌周刊》《诗潮》《中国诗人》《葡萄园》《长江诗歌报》《重庆文学》《重庆晚报》等报刊。曾获重庆市诗歌征文大赛特别奖,有诗作多次入选网络诗选,并入选多部诗文集。

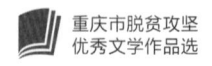

三塘高盖的早晨

冉仲景

霞彩还未下岗
老印家的牛羊已经上山

红色嘉陵摩托
颠簸着经过青青烤烟地
从后视镜里
老印看见
机耕道和苦日子
倒退着
转过弯弯就不见了

老印说
活在如今的三塘盖
每个早晨
阳光都会准时来到树梢
和他的脸上
从不拖欠

作者简介：冉仲景，土家族，现供职于重庆市酉阳县文联。

石滩,那流淌的绿(散文诗组章)

施迎合

金色石滩

这是闪耀在我眼里最耀眼的底色——
那是稻菽向阳的金,田野菜花的黄,满山满坡流溢的绿,层层梯田泛动的光。
这是荡漾在我心中最纯美的画面——
那是"林、云、泉"交融重叠的天然氧吧,"凉、清、静"相映相生的清凉世界。
呵!这是重庆巴南石滩,以绚烂阳光的金色张臂迎接远道而来的我,又以流霞喷彩的博大胸怀接纳了我。
我走进石滩,我仿佛也成了石滩河里清澈的一掬浪花;成了双寨山上一棵挺拔的树,一丛绿色的云朵。
我亲近石滩,我好像也变成了方斗山上那摇曳的田园芦花,森林人家里的茂林修竹,山溪流瀑里的银珠溅玉……
在石滩,我忍不住一次又一次思量,石滩的金色是怎样形成的?而那金色里流淌的绿又有什么样的生命魅力?
造访石滩,我在石滩的绿水青山里触摸到了一座金山银山。在生态石滩流淌的绿意里体味到了中国乡村那别致的纯朴、秀美……

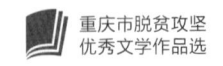

栖居"方斗老家"

我的乡愁美美地开出花花了。

那些摇晃着细细腰肢的美人蕉,吐露着芬芳香气的格桑花,粉红的桃花,如雪的李花,修长的芦花都是为我开放的,在流淌着绵绵绿意的石滩,在我快乐栖居的"方斗老家"。

美是可以传染的。就像一种相思,既然浸润在心里了,那种刻骨铭心就再也驱赶不走了。

我此刻是铁了心的。我的爱已深深驻留下来,就在石滩这方美地,在"方斗老家",让我的爱挥舞起绿色的纱巾,以青山为背景,以白云作见证,在这块凝满乡愁的土地上,听一听我发自肺腑的真情倾诉。

这是多么美好的栖居之地啊——

泛黄的土墙,木质的梁柱,原生的窗棂,精美的雕花,青青的石板,黑黑的瓦片,还有那踩上去就吱吱作响的木楼梯哦……一切自然的乡村农家之美都在清凉的山水里,都在质朴不加修饰的田野中。

栖居"方斗老家"是可以随心所欲的。

白天,可放牧青山,遥看远山如黛,鸡鸭扑腾,牛羊欢鸣。夜晚,可卧房闲居,细数银河繁星,沐清爽晚风,入酣畅美梦。

美,就这样惬意地浸入骨髓里了。爱,也甜甜地浮动在了情迷的心海。

我渴慕这样的家园。

我想老了就在这里安家。把我的爱牢牢植根在金色石滩,生长出青翠的树木,那树梢上挂满爱的果实……

农家大院写意

是绿色的田园？还是新美的农家？

是幸福的乡村？还是流彩的釉画？

在重庆巴南石滩，一幅现代乡村写意图在我惊喜的眼底开满朵朵喷香的花，淌出诗意的美，溢出色彩的斑斓……

有道是，美是给人惬意、让人欢喜、令人赏心悦目的。而在石滩一个个普通的乡村农家大院里，那掩饰不了的美竟牵扯住了我所有放荡的魂儿。

开阔的院坝，竹扎的篱笆，挂满果实的果园，菜园子里苍翠欲滴的绿色蔬菜包裹着农舍青瓦，连那池塘里摆尾的游鱼也以自由滑翔的姿势荡开一圈圈开心的涟漪。

是曾经贫困的山村吗？我疑惑地问！

主人爽朗的笑声回应了我：贫穷早已跟随飘荡的风儿走啰，如今的农人幸福着哩！

现实是最好的答辩！我的思绪也跟着主人的笑声游走开来，在那流淌着绿意的田园里寻觅到了答案。

好了，还是到农家大院的美食里去小憩片刻吧！那白嫩的活水豆花和农家土货正好让我好吃的嘴巴跳起欢快的舞蹈，品尝今日乡村绝有的美味……

作者简介：施迎合，中国通俗文艺研究会会员，重庆市作家协会会员，重庆市江津区作协副主席；作品散见《人民日报·海外版》《光明日报》《民族文学》《啄木鸟》《散文选刊》《星星》《草堂》《诗潮》《中国诗歌》《国家人文地理》等百余家报刊；有作品获奖，作品收入多部选本，出版个人专著两部；为《沃土》杂志、《几江》诗刊副主编。

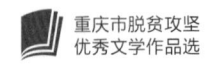

美丽太和

苏更生

初秋的风唤醒山巅一汪清亮的湖
层层涟漪荡漾起喀斯特地貌上
一道独特的风景,一处处矮而圆的小丘
像极了人体某些部位
绿树掩映下,流传着无数动人的传说

山上,群峰起伏连绵
波峰浪谷间徐徐展开美丽的画卷
山中,观音洞展示着迷人的风采
有人探险有人朝拜
不一样的心情,不一样的情怀
悬崖峭壁间,伟人的诗句跃入眼前
山下,刘家河曲折蜿蜒
峡谷风光吸引了远近游人一探幽径
一群游客在河滩悠闲烧烤
炊烟袅绕,惊醒满河香艳

一片黄金叶,遍坡烟草香
烤烟房淡淡的烟草味
醉了土家儿女幸福的脸庞
高山药材,党参牛膝云木香

晒坝里弥漫起药材的清香
富了土家儿女的腰包
一处处高山草场牛羊若隐若现
牧人热辣辣的眼神,喜上眉梢
烟叶养殖中药材三大产业发展
让太和人脱贫致富的路,越走越敞亮

作者简介:苏更生,男,汉族,"中华诗城"——重庆奉节人,生于1972年。现为重庆市作家协会会员、奉节白帝诗社副社长、《夔州文化》编委。作品见于《中国农村科技》《中国文化报》《中国旅游报》《重庆日报》《重庆晚报》等报刊,出版有诗集《在你的世界行走》。

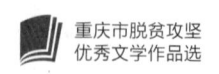

后坪乡的春天（组诗）

苏 勤

山高路远

一场春雨，洗却尘埃为我饯行
去一个最偏远的山村
看望我的亲人

山高路远，沟壑峻险
高，怎么也爬不到顶
远，山路弯弯绕得腿脚酸软
险，让人望而却步，胆战心寒
望眼欲穿的春风啊
何时吹到这里来

而今，开山架桥，劈岩修路
山变矮了，路变宽了
伸手可摘云朵和星星了
从城市到乡村不再遥远
脱贫致富的春天将这片土地温暖

扶贫人的情怀

人心齐，泰山也能移

这是一个战斗的团队
这是一个团结的领导班子
这是一群重情重义的男子汉
血气方刚,铁骨柔情
专打扶贫攻坚战

来偏远的后坪乡扶贫
他们称自己是后坪人
为老百姓做事,他们说
这是在给自己做事
哪有不做好的道理

冒冰雪严寒,顶酷暑烈日
驻守乡村,精准扶贫
栉风沐雨,无怨无悔
血性男儿,惊天一语
"我们是共和国的扶贫人"
喊醒群山,攻坚克难
致富的春天一呼百应
随滚滚春潮奔涌而来

扶贫队长刘千武

一如你的名字
千般武艺集一身
集一身的千般武艺
正好用于攻坚扶贫

中岭村农户谭兴明
贫困户中的硬骨头

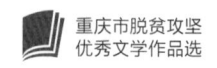

啃不啃？怎么啃
难倒了多少扶贫人

刘队长,抖一抖他当空军飞行员的气魄
对着群山一声吼
"扶贫攻坚,不落一户"
掷地有声的豪言壮语
飞向蓝天,回荡在山谷

要致富,启动资金无处筹
刘千武,取出自家的储蓄
帮助谭家购蜂房买蜜蜂
迈开脱贫第一步
买牛犊,修牛棚
迈出致富第一步

刘千武,千般武艺显身手
采购员、搬运工、泥瓦匠、木匠活……
全都难不倒刘千武
挥汗如雨干起来
踩一脚泥染一身土
只为谭家不再穷

绞尽脑汁的刘队长
为使谭家早致富
不眠之夜,灯下眼熬红

目睹你的倔强,你的坚守
这世上哪有啃不动的硬骨头

（刘千武，空军33师飞行员，转业后任重庆检察院法律巡视员。重庆政法委派驻武隆后坪乡任扶贫工作队队长。在后坪乡，男女老少都亲切地叫他刘巡。）

作者简介：苏勤，女，笔名梦灵，重庆市人，重庆新诗学会理事，重庆市诗词学会格律体新诗研究院首批研究员，东方诗风论坛注册会员。

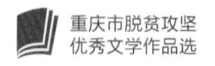

春天的画面是温暖的（组诗）

谭岷江

2019年4月15日，习近平总书记来到重庆东部的石柱土家族自治县中益乡小学和华溪村，深入农户家中和田间地头，实地了解脱贫攻坚工作进展和解决"两不愁三保障"突出问题情况。一年来，中益乡和土家山区人民心里记着"如今党的政策好，我要努力向前跑"，生活越来越幸福，日子越来越美好……

——题首记

华溪村：偏石坝

缺门山上蓝天映照，金溪河边春意升腾
九户农家乐像鲜花一般排开
张帮琼在打扫"华溪七十七号"的房间
挣钱、创业、破产，再挣钱
周而复始，她的人生经历了"三起三落"
在春天里，她坚信，这次创业一定成功
马园丽背着婴儿，从坡上种菜回来
她手指秀丽，一张原本在城里给顾客美容的手
却在这里，拎着一把锄头
种下专供顾客吃的绿色蔬菜
此时，她的母亲花仁淑刚好务工归来
带着荷花基地里的阳光

带着收获一百多元工资的笑容

建峰村：龙神坝

在官田坝河的上游，盛家滨戴着眼镜
从后山的黄连地里忙碌归来
（三个懂事的儿女
已经做好了午餐，正等着外出劳动的父母）
他摘下眼镜，一只眼睛近视一千度
另一只视神经萎缩早已失明
他的目光，却如附近的椒盐溪水一般明亮
细数着家里的喜事——
大女儿今年大学即将毕业，正在精心备考
二女儿为了节约费用，拿到奖学金
读高二的她一直都是全校第一
小儿子正读初三，成绩也还勉强
年迈的父亲身体很好，看病用药有医保
在县领导的帮扶下，他家早已成功脱贫
贤惠勤快的妻子，把院坝打扮得挺美
春天来了，那些花儿、豌豆、蚕豆和兰草
正在报答恩情，争先开放——
他要向花老师们学习，感恩党的最佳方式
就是努力地，把日子过得更加红火

龙河村：下坝

李子和樱桃的花，比龙河里欢腾的鸭子白一些
鸡棚里的鸡，比阳光金黄一些
芍药和枇杷，比蓝天更绿一些
大女儿出嫁，小女儿远在常州打工
独自居住的向学伟，把院坝打扮得生机盎然

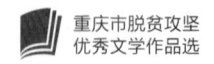

春天里,他正筹备开设农家乐
城里的两个姐姐前来帮忙,带着四个可爱的小孙辈
仅仅一天,不过五六岁的他们叽叽喳喳
便将院子里的鸟儿,撵到五米外的河畔麻柳树上
他们将院子里的三只狗
取了各不相同的名字
爱恩是小白龙的儿子,因为母爱
小白龙每天要从对岸过来
给爱恩喂奶,但花花不仅妒忌,还喜欢欺生
爱恩总是保护母亲
向学伟姐弟仨回忆说——
小时候,龙河涨水,他们只能困居溪边
偶尔,他们会挂着竹竿冒险过河
河水淹没了他们的脖子,鼻子一呼气
所有的波纹不断变形,让人恐惧
河面浑黄,像风吹过丰收的麦地
三十年来,院子里的人都迁走了
只有向学伟一家留了下来
现在,桥早修好了
将近大半年的时光,将他从妻子病逝的悲痛中
拉了出来
他挥一挥手,描绘着无限的希望

坪坝村:牛举坝

春天的花和四季的塑料花友好相处
正不分彼此,在"飘香里"农家乐里飘洒馨香
此刻,主人向大忠、邹小珍夫妻
正在大地的某个角落辛勤劳动
"只在此乡中,春深不知处。"

挣钱的机会遍布这片大地
比如大湾民宿开发建筑工地
村里的瓜蒌中药产业基地
或者,自家山上的生态养殖场……
"党的政策好,努力向前跑。"
十一岁的向万里小朋友,敞开大门
独坐楼上留守,用笔写着网课作业
墙角盆景栩栩如生,一只斑鸠误入窗内假扮的竹林
很快,小朋友听出了它的恐惧,打开窗户
它自由飞翔,飞进漫天的阳光里
飞向官田坝河边的岩上树林

作者简介：谭岷江,重庆市作家协会会员、重庆文学院创作员、鲁迅文学院第十六期民族班学员,石柱县作家协会副主席。在《人民日报》《民族文学》《儿童文学》《山东文学》《延河》等报刊发表散文（报告文学）、诗歌和小说作品共100多万字,出版散文集《我的村庄作坊冲》,长篇小说《九仙桥》获2019年中国作协少数民族文学创作项目资助。

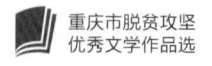

阳光里（外一首）

谭萍

走在六月的阳光里
我把自己交给风
交给绿，交给阡陌纵横
一路小跑
追逐最美的光影

烈日下，玉米背着娃娃
如村妇般昂首挺立
辣椒西红柿羞红了脸
仍在亲切交谈
活脱脱一群闺蜜
篱笆上的花果低头沉思
任由蜂飞蝶舞
稻田里小龙虾悠闲地嬉戏
红蜻蜓贴着秧苗低低地飞
将莲的心事暴露无遗

谁家的庭院花团锦簇
粉墙黛瓦
鸡犬之声相闻
沉睡的村庄已被唤醒

来一场声势浩大的集体秀吧
以千亩果香万亩稻香为畴
绿水青山为屏
纵情高歌
深深,深深地呼吸

走在潼南的阳光里
在塘坝,琼江环绕
俞桥村的桃、李
天印村的葡萄
那样香脆,那样沁甜
有道是物印初心
浇灌的不只是汗水
还有最宝贵的时间

走在正午的阳光里
我的思绪裹着汗
裹着蜜,裹着田野的芬芳
泛起层层涟漪
原来,人类飞翔的原点
从来都在脚下
这片多情的土地

再访天印村

还是那块从天而降的石头
如巨印高挂山丘
还是琼江多情
环绕村庄
滋养一代又一代

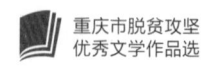

百姓勤劳善良

面朝黄土,背负青天
有印在此
鉴日升月落,四季更迭
鉴沧海桑田,雨雪风霜
祖祖辈辈墨守成规
可谁来改变?
山村的贫瘠与荒凉

春回大地
守护一方就要造福一方
石头张开羽翼
拼尽全力
让梦想在空中展翅飞翔

天意与民心汇集
从来不负众望
贫病疾苦已成过去
条条大路阡陌纵横
绿树掩映幢幢小楼房

乡亲们脸上露出
亲切而又舒心的微笑
汗水溶进这片土地
蕴藏着巨大能量
杏子、蜜桃、枇杷
柠檬、枳壳、花椒
好东西层出不穷

正在地里拔节生长

作者简介：谭萍，中国诗歌学会会员，重庆作家协会会员，重庆新诗学会副会长。曾任重庆人民广播电台文学编辑，热爱阅读与写作，时有诗歌散文发表。

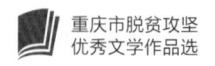

每天为这里写首诗（外一首）

唐诗

此时，站在核桃村
我对自己说
每天为这里写首诗

写核桃村的人都是硬核桃
性格坚强，勤劳，团结，不惧雷电风雨
无论哪一颗
一旦被幸运砸中，露出的
必定是喜悦的果仁
还有一股脱贫致富的清香味

写核桃村的博士书记
他用知识、科技加向往，如一股春风
带领村民朝前飞奔
没有谁再站在
痛苦一样分岔的路口垂头叹气

写核桃村的公路宽又亮
好似飘舞的玉带，又像飞驰的乐谱
感谢筑路者
他们在岩石中攻坚，在骨头里克难

在汗雨滂沱间幻想并创造出
客车过去,货车过来
往返的全是幸福

写核桃村的一年四季
春天的插秧人,阳雀声落在手背像小雨
夏天壮如牛,七月正肥
秋天红高粱燃醉了父亲酡颜状的山坡
冬天打核桃
铁皮星辰滚滚而下

我写得更多的是核桃村醒得很早的黎明
梦中的花朵
移到原野上绽放,宛如图画成记忆
五色绚烂
这种时候,心思辽阔
无论天空有云无云,都一定会找到
我所爱的晴朗

哦！每天为核桃村写首诗
注定是我的自豪
同时坚信:核桃是最好的文字与词语

深山梅花

你从城市到山村支教
一座希望小学
站在向阳的坡上迎接你

学生把你称为深山梅花

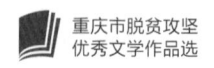

他们亲你，爱你
说你不但漂亮，而且还有好闻的香味
他们在课堂上
目光专心致志地盯着你
下课之后
围着你嬉闹，你像个乐园不停地转身

当傍晚急急赶来
大雪深处，你并未匆匆入睡
而是伏案批改作业
窗外梅花怒放
你的面庞静静地闪烁着青春焰辉
笔下流泻出红色勾勾、叉叉
问号、惊叹号
有夜风来语——
你从未得到过一个完整的夜

某一天，为你留下终生难忘的记忆
上午的天空，乌云密布
大雨打湿了小学校，山摇地晃
但孩子们坐得很稳
他们望着你的眼睛如何改变泪水
学着怎样把雷声放进抽屉
而闪电瞬间照亮黑板
像把你的银钥匙，一扇扇地，打开智慧之门
知识之窗

课堂顿时明亮
迷雾散开，天空晴了一角

校园的钟声响得繁花似锦,清风拂书
课本不再荒芜
手指在字里行间逐去空寂
诵声琅琅
盖过了雷雨的轰鸣

啊!深山梅花
多么的美,你在让灵魂脱贫
希望上升

作者简介:唐诗,本名唐德荣,重庆市荣昌区人,管理学博士,中国作家协会会员。1985年开始发表诗歌。出版诗集十余部,主编诗文集十余部,诗作翻译成十余种外国文字,先后获得国内外多种奖项。

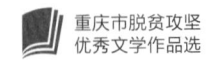

我和张大汉一起上"战场"（外一首）

唐毓

我是在三年前
一个有夕阳的黄昏
走进张大汉，走进他
破旧的小瓦房。他压抑的
目光，像刀光逼近我
我们握手的姿势如上战场
动作收紧我的心
也摇动他疼痛的岁月
我们都沉默不语

这符合我资料中的他
三十多年前携带"弹片"
怀揣一腔战士热血归来
不给党和政府添负担
他相信人间烟火，抵不过
硝烟弥漫，每一条明沟暗渠
都比不上飞越过的战壕
但光荣的伤痛，吞噬梦想
越来越低沉的腰身，像界碑
一样分明。由此我猜测
他背后的小山坡，为我们

开辟了一块新的战场

我搬来了"淮海战役"
保障后勤的那些人民智慧
让40只小鸡们,30只小鸭
20只小鹅,列队站在小屋前院坝
让100株果树遍布房前屋后
他说,终于圆了想当连长的梦
还有一排排哨兵防守
夜有清风明月,果花飘香
我仿若看见他自信且坚定的目光
挂满枝头,吆喝鸡鸭如冲锋号
再一次次吹起,星辰在咖啡色的
屋顶之上,像一枚枚勋章
等待我们紧握的双手

第一次院坝会

在刘社长院坝的下午
我第一次接受2社13户
贫困老乡的集体审视
坐着的大爷寂寞而又安详
大妈们不时窃窃私语
瞄过我的眼神,仿佛看着
新姑爷头一次上门
我口若悬河的宣讲形象
被冷怂得体无完肤

当我讲完如何发展产业
增收,抽着卷烟的刘大汉

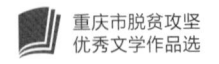

举手问道：周书记，请你讲讲
为什么这个时候，鸡鸭晓得
一个个地自觉回到笼笼？
我笑着：那是它们的家啊
我曾经读书的学费
就是靠着它们呢！

晚风带着泥土的清香
一阵阵吹来，我看见老乡们
终于抬起布满皱纹的额头
夕阳下朴实得如一粒粒
饱满的稻穗。几声吃了夜饭再走的
方言川普，让我感动得
像过年回到久别的家乡
我知道，我正一点点走进
他们，走进深藏渴望的内心深处
吃好穿好住好，老有所依的
朴素愿望，随渐渐的夜色
被星光一一点亮

作者简介：周文权，笔名唐毓，重庆市潼南区人，从事"三农"工作，曾担任贫困村第一书记。中国诗歌学会会员、重庆新诗学会会员、潼南区作家协会理事，出版诗集《那些绽放的芳菲》等。

又见安澜

田金梅

顶山村的中药材基地
采摘后的花椒树
谦和地站在一旁
红红绿绿的小米辣仰着头
在和风丽日下交头接耳
忙碌成乡亲们手里红红火火的日子

大来山，依林山
山与山相连
平滩村，五通村
院子村，村与村相伴
在这夏的季节
成熟的李子连同我的回忆
挂在枝头香甜

荡过的秋千
安静地悬挂在原处
历经季节变换
树在长高
荡漾的笑语跟着拔节
向着这浓浓的森林

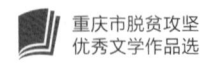

密林深处，树与树之间
几株绣球花躲在枝丫下
结实的树干支起的民宿树屋
深藏在崇山峻岭之中

主人手里的钥匙，连成串
摇出的声音很轻
打开的门很温馨
一把锁，完成对一扇门的坚守
一份笃定，生出一种气氛
我在此凝望
从初相识到再相聚

作者简介：田金梅，苗族，重庆秀山人，重庆新诗学会理事，秀山作家协会会员。作品发表于《星星·散文诗》《重庆晚报》《银河系》等报刊。

洒满阳光的土地

坐在悠扬的渔歌中（外三首）
王明凯

此时，我坐在悠扬的渔歌中
头上是闲庭信步的云朵
脚下是均匀细碎的涟漪
吹一口在杯中游泳的云雾毛峰
缕缕茶香，就悬浮出凉风村的三生三世

风，从巴国的记忆中吹来
在大娄山的皱褶里安家落户
阴晴圆缺与悲欢离合
在山梁与沟田中仰卧起坐
曾经有一天，日子和女人都着惊着寒
差点被斜刺里杀出的彪形大汉
野蛮而粗鲁地掳进了夜郎国

长长的序曲其实很短
黄历一翻就告别了三皇五帝
煤，成了腰间的钱袋和口中的粮食
男人的力气都卖给了矿山
他们的太阳，每天从地心升起
矿灯，照亮了小村如饥似渴的目光
也染黑了，女人的泪巾，和大地的脸皮

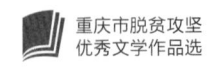

一个休止符

脱贫致富的渔歌,就洗了日光浴

节奏似云雀的舞蹈,旋律如行云流水

步道是铺在水里的五线谱

鱼柳池、鱼虾池、十一居、香香妹……

都是这方山水,土生土长的乐员和歌手

迷宫追梦、飞鸟与人,以及舌尖上的鱼乐图

都是他们,献给客人赏心悦目的休闲曲

天印村是一篇美文

爬格子的我

看天印村是一篇美文

有一行文字叫幸福长廊

笔画阳光明媚

句读鸟语花香

水花高扬的图画中

桂花和杜鹃花业已成昨

荷花和三角梅,却争奇斗艳

幸福老人在廊头观鱼

脸上的笑容,比迎风摇曳的藤蔓还长

有一个段落叫农民新居

婀娜在碧波荡漾的倒影里

头上的云闲庭信步

脚下的花竞相开放

像极了俏佳人芙蓉出水

让打马而来的目光,熠熠生辉

掌声在小叶榕的花语中响起
有姣容美女,举镜头高过眉梢
高呼着一二三的节奏
让村民的微笑,与诗人们快乐同框

有一个章节叫乡情馆
翻修出铺满阳光的碉楼院子
安顿记忆与乡愁
图片和文字贴在墙上
磨子和纺车站在屋角
用年迈的风车与生锈的犁耙
述说劳作的艰辛和年景的美好
木柱上,老马灯的魂还发着微光
照耀孩子们琅琅的读书声
照耀远方游子,心心念念的回家之路

诗人们同意我的看法
天印村是一篇美文
天印石是上苍高擎的大印
盖下去,就是富起来的田野
用丰收图,书写的感恩之心

三沱村的脐橙红了

举目一望
你挂在枝头的脐橙就红了
一枝一枝地红
一树一树地红
一坡连着一坡,漫山遍野地红
红成天穹下明灯万盏

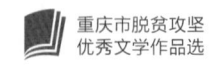

在辽阔的墨绿中熠熠生辉
齐刷刷照亮,异口同声的兴奋

远山在村的头上
视线爬上去,能看见苍狗起舞
有白云几朵,手捧屈子的《橘颂》
朗诵"后皇嘉树,橘徕服兮"的诗句
长江在村的脚下
目光瞟出去,能看见恣肆汪洋
记忆伸出掌来,捋着杜诗的胡须
惊叹"一母生万子,八阵飘橙香"的奇迹

这是一则脱贫致富的故事
走过春天的山坡,蹚过夏天的河流
才有这深秋,橙红莺飞的合唱
吃货与粉丝从远方赶来
把镜头和笑靥举在空中
于绿树丛中,与三千粉黛相拥相依
待满腔喜悦装满了大筐小筐
满载而归的马达,就会轰响油门

春风拂过你的桑园

春风拂过你的桑园
一千亩辽阔如星星点灯
一盏灯亮起来
一串灯亮起来
一盏盏,一串串,如火如荼亮起来
小镇的天空,就红成了灯海

桑葚点灯

灯油是爱情血

一滴一滴,从嫩绿的枝叶渗出来

燃成殷红的紫火焰

灼灼其华

赛过天上的日光和月光

赛过唱歌的田野,丰富而饱满的四月潮

诗人采葚,从云外匆匆赶来

直奔你亭亭玉立的主题

把你的甜蜜握在手心

笑靥就溢出酒窝

他们要借缪斯的光芒

把你无私的爱,揉进风花雪月

从盛田出发,抵庙堂之高,达江湖之远

作者简介：王明凯，男，重庆作协原党组书记。在《中国作家》《诗刊》等30余家刊物发表文学作品数百篇，出版作品7部。曾获文化部群星奖、中国当代诗歌奖、重庆市五个一工程奖、重庆市哲学社会科学成果奖。

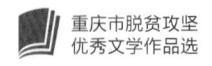

仓房故事会

王老莽

题记：

仓廪实而知礼义
有其房方能安其身
——仓是仓，房是房

举头望明月

在胡家河坝移民点
仓房村一社的三个老哥
排排坐在街沿上晒太阳
心不在焉
像上课不听讲的学生
我问他们是不是
从对面半壁上搬下来的
他们一起抬头
朝对面的悬崖望去
像是在举头望明月

慎重决定

现任村支书杨德陆
土生土长的仓房村人

04年入伍、06年入党
08年赴汶川参加北川救援
武警凉山支队狙击手
一级士官,懂得军令如山倒
09年复员回村
干过两届村主任。举手投足
保持着士兵突击的姿态
他站在形似冲锋舟的
村支两委办公楼的房顶上
描述张家屋基和袁家老房子
两个移民点的变迁
讲得繁花似锦
像专题片的同期声
我捏了捏他肩膀上的三角肌
感觉乡上让他一肩挑
是一个慎重的决定

再活十年

91岁的张维贤讲故事
绝不逊于李伯清
他从民国讲到土改
从高峰讲到仓房
讲到河对门的中安大队
从大树子讲到凉水井
讲不识数的一社社长
讲交公粮的队伍一个拉一个
不敢松手,一松手
就找不到返家的路。讲老于
遇到水沟里冒出的水牛

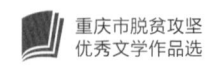

吓得跪下磕头求饶
讲到现在,他说
儿媳妇王静春比女儿还好
讲到共产党的恩情
他用的形容词
还是比天高比水深
讲到他们家正在修建的
三楼一底的大房子时
他说他真的还想再活十年
这话听起来,比康熙
说的再活五百年
更切合实际

中间一横

从山顶下到谷底
仓房小学旗杆上的国旗
把我的目光,又升至蔚蓝的天空
我寻着嘤嘤的读书声
蹑足到二楼左边的教室门口
一个老老师,两个小学生
正在上课,我的悄悄
暴露无遗,于是我也坐了下来
男孩李平今年12岁
女孩7岁叫雷小蒙,嘿乖
我想再过十年,他们的同学会
一定别开生面。老老师
自我介绍:我叫陈申福
中间一横的申,61岁,退休返聘
再看看这两个互为唯一的同学

我从中间这一横里
找到了陈申福，花甲之后
又重新回来的理由

　　作者简介：王老莽，中国作家协会会员、中国诗歌学会会员、中国散文学会会员、重庆市文联全委会委员、重庆市作家协会全委会委员、《大巴山文艺》主编、曾获第六届"陈贞杯"全国诗歌大赛一等奖、首届重庆银河之星年度诗人奖、第七届重庆艺术奖，作品见于《诗刊》《星星》《中国作家》《扬子江诗刊》《诗林》《诗潮》《诗歌月刊》《红岩》《中国诗歌》《草堂诗刊》《大河诗歌》《鹿鸣》《橄榄绿》等公开发行文学刊物。

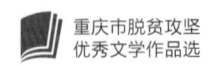

幸福的加速度(组诗)

王景云

綦河,水声动听

阳光转动车轮,丘陵
沟壑—加油
到处的鸟鸣都碧绿。从此
山脚下那条曲曲弯弯的
綦河,水声动听

甚至寂静也是碧绿的
那么动听
那是对龙山村经久的赞美
河两岸九十九道弯的盘山路
是龙山人走过的艰涩

修塘姜路,缩短贾嗣场与龙山村的阻隔
天台湖引水渠,引来
春风,吹美龙登山
微耕机"突突突"
翻耕泥土

阳光,四面八方

老哥的脸,开着洁白的
李子花

李花,香雪海之后

李子花绽开龙登山
啊！香雪海
龙山村曾经的忧伤
此刻芬芳
爷爷奶奶往日的叹息
父母眼角的皱纹
都离孩子们的朋友圈
越来越远
唯有李花配得上自拍
全家福

若朱元璋再登龙山
五百亩"津脆李"
定要让他
目,瞪,口,呆

村民,从不目瞪口呆
忙着挑李子,称李子,打包装
把龙登山邮到重庆,上海,北京
还有纽约,悉尼
满世界都品尝
这脆生生的
夏

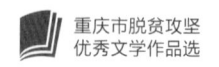

一个地方的美好剧情

拆掉危房
就拆掉担惊受怕
月亮爬过,有
猫一样的温顺

泥土房的梦
漏雨,垮塌的过去式
龙山村团地社,城镇化小区
现在进行时的剧情,正在上演
它唤醒村民单纯的满足
会有人在客厅里,读诗作画
或者喝酒,醉得乱作一团

它推动时间和返青的山野
成为立体。近,远
都在温暖地彼此问候

关胜村,药材在聚会

龙芽草,黄连,老鹳草,山银花
陪伴关胜村民,与故事相处
与疾病抗衡。勤劳,执着
静心坚守自己的家园
种植这些温情的草木
命运,也温情

他们与土地对谈
用推心置腹的方言与蓝天对谈

从种植,采收,到晾晒,出售
无不是面对久违的自己

他们相依相生
翻山越岭
一回头
西湖镇,关胜村
像一个药罐,熬香的不仅是
人间

鸡鸭也很诗意

綦河水拴不住浪花的翻滚
在山坡放养鸡,鸭
像诗意的动词,团结了关胜村民
团结了建卡贫困户
鸡鸭天天生蛋
鸡生蛋,蛋生鸡的哲学
一茬茬孵化新的命题
衣口袋隆起的收入
荡漾了男女老少的笑脸
阳光多么新鲜
越来越明亮
恍惚温暖都生动
蓝天明亮,白云明亮
连数钞票的声音
都明亮
一张,两张,三张……

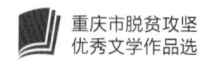

作者简介：王景云，女，重庆市作协会员。在《诗刊》《诗潮》《上海文学》《延河》《中国诗歌》《散文诗》《浙江诗人》《星河》《散文诗世界》《大观》《陕西文学》《草地》《人民日报》等发表作品。获第二届"周庄杯"记住乡愁·爱我中华全球华语诗歌大赛优秀奖，2019第三届国际旅游诗歌大赛优秀奖等奖项。著有诗集《一瞬间的河流》。

蹇元应制茶(外三首)

王淋

就像他的姓氏一样
蹇元应前些年诸多不顺
上有耄耋老父,下有一双女儿
离婚,使他跌入苦闷

日子浑浑噩噩,没有方向
他困入贫穷无力自拔
直到干部进门
阳光才找到他

一聊,他有手艺
年轻时拜师学过制茶
墙上的奖状年久失色
蒙着灰尘和蛛网

接下来专项补助到手
他把制茶的设备拉了回来
使出浑身解数,让石滩的春茶
在武陵山茶博会捧回了银奖

后来镇村搭桥,他入股专业合作社

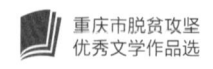

成了茶叶生产的技术总监
日子好了他就变身诗仙,冷不丁来上一句
仰天大笑出门去,吾辈岂是蓬蒿人

在龙登山

九点二十,江綦高速夏坝出口
区农委委员和龙山村支书已等在外面
秀丽的委员用肤色将我们带入主题
而支书厚过常人一倍的大手
叫人想起鲁提辖倒拔垂杨柳
他身后的龙登山湿漉漉地站着
用云层半掩羞涩

车辆左拐进山,路之崎岖陡峭
让人极易想起脱贫的坡度
山区土地稀少,拒绝撂荒
除了林木,就是漫山遍野的经济作物
车停山腰,极目远眺,綦河蜿蜒山脚
一块有标识的场地靠近河边,像一枚勋章
委员说那是滑翔伞基地
连日大雨,浑浊的河水像龙山人的汗水

翻过山梁,一片白色的楼宇坐落在山坳
走在宽敞的街道,楼外传来
春耕的马达和鸡鸭的欢叫
似乎在讲着危房改造和搬迁的故事

继续上山,抵达山顶
一片草坡横亘眼前,草坡之下

是万丈悬崖和巨大的山谷
已被湿漉漉的云雾填满
就像汗哒哒的脱贫工作,覆盖了山川
支书说,草坡是滑翔伞的起飞点

从山上下到村委会驻地
挖掘机受疫情影响,还在
文化广场和停车场歇息
让人想起支书粗壮的手臂
村委会对面的商店,各种山货
质朴地蹲在货架上,静候
年轻的售货员在键盘上发出指令

在李子林边合影时,太阳出来了
龙登山撩开面纱,和我们一起
露出了笑容

梨花谢了

四月已深,梨花不等人
放眼望去,梨园像山坳里的海子
走进细看,梨花谢了的枝条
小小的果实像稚嫩的眼睛

透过枝叶,她在打望我们这群陌生人
风过点头,算是问候
山里的孩子羞涩、质朴
用梨花雪洗过的眼睛,干净

四月的阳光找着她们,一个不少

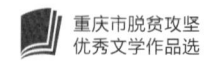

就像脱贫干部入户,一家不落
梨花是土地与农民的爱情
梨花谢了,甜美的女儿就要长大出嫁

酒鬼故事

早年,他是闻名乡里的酒鬼
正常人喝酒,是一小杯一小杯地喝
喝到微醺罢手,这叫品味生活
而他呢,是一屋子一屋子地喝
一坡一坡地喝,喝得家徒四壁
喝掉地里的所有收获,仍不罢休
又喝掉孩子的学费,喝光老人的笑容
最终把爱情也喝没了——
谁能守着一个败家玩意儿过一辈子
食不果腹衣不遮体的日子,是他自找的
酒精烧蒙了脑子,也烧软了身体
还能干什么又干得了什么呢
一个"穷"字,要了他的整个青春

山里偏僻,亲戚朋友难得一见
谁都说服不了他,他只跟酒亲
"今朝有酒今朝醉,穷就穷呗
谁怕谁呀"——这是他的酒话
所谓人不务正业,九头牛都拉不回来
说的就是他

直到脱贫干部三番五次地登门
春风化雨,浪子回头
他的酒慢慢醒了:"谁不想过好日子

谁愿意窝囊一辈子。"他找到干部
说会养鸡。干部就帮他申请了小额贷款
养鸡场就建在自家的山林,生态放养
鸡的品质好,不愁销路,他逐渐扩大规模,
几年下来,他摇身一变
成了远近闻名的养鸡专业户
而且有好几位姑娘上门提亲

作者简介:王淋,中国诗歌学会理事,重庆市作协会员,重庆新诗学会副会长兼秘书长。

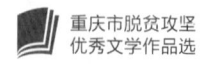

一口井，非打不可

王 智

1

一口水井
一口看不见的水井
一口梦寐以求的水井
一口春雨贵如油的水井
一口与我结对帮扶的水井
一口一把眼泪穿透人心的水井
一口打在脱贫攻坚春天里的水井
一口被命名为爱心井的水井

一口水井
——非打不可

曾经尝尽沧桑流年
曾经苦水吃遍，苦不堪言

沐尽了恩赐
占尽了天时，地利，人和

驻进村，就扎上了根

签了字,就立下了军令状

一口水井
——非打不可

2

我一只小鸟似的
飞奔在弯弯曲曲的扶贫路上
一口水井,也一只小鸟似的
飞奔在弯弯曲曲的扶贫路上

借阳光月光星光
雨露是一滴良药
一口水井,治愈了一个枯竭的家

我的时间,一半驮着夕阳
一半瘦成月光。一路上
我动用了所有词语
比如,春风　春雨　志愿者　爱心人士

化成一支井钻
砸进大地的疮疤
将穷根从岩层一点点拔出
大地于轰隆声中把疼痛擦亮

一口水井
一口深机井
一口润万物的水井
一口生命之源的水井

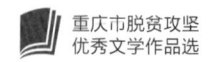

一口经勘测规划的水井
一口有使命责任担当的水井
一口水泵管网直通进屋的水井
一口长出如水月光满天星星的水井

一口水井
——非打不可

3

我走向我帮扶的穷亲
一口水井也走向我帮扶的穷亲

我的穷亲是位患慢性病的贫困户
住在一个叫付家干沟的山坡下
54岁的低保户,三个孩子的爹

一口水井
——非打不可

两不愁、三保障,一个都不少
修房、安电、打井、吃饭,清洁家园
如今,我的穷亲四大心愿全都实现
从此,一张张被贫困冻僵的脸,有了笑颜

4

用一口水井丈量历史的深度
我看到了——
五千年垒砌的民族梦想
无比光明

向贫困宣战。普天之下
中国共产党敢为人先
走共同致富之路。普天之下
中国特色社会主义,红旗飘扬

5

站在百年目标的门槛上
我的穷亲噙着眼泪念叨:赶上了,赶上了
终于赶上了这个好时代

看,一间间崭新的青瓦房里
洋溢着温馨和甜蜜
一条条新修的水泥路
伸向村庄,伸向未来,伸向小康
一片片果实累累的采摘园
到处是欢声笑语
缭绕在乡村振兴的希望田野上

一口水井如一面镜子
见证了中国的扶贫故事

6

一口水井
一口思源的水井
一口观天的水井
一口生活日厚的水井
一口未来可期的水井

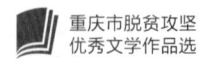

一口水井

一口有信仰的水井

一口有初心使命的水井

一口蓄满人间大爱的水井

一口决胜全面小康的水井

一口书写家国情怀民族梦想的水井

一口水井

——非打不可

作者简介：王智，潼南区作协会员，供职于崇龛镇人民政府。

总有山歌在心里飘(组诗)

吴沛

在脱贫户谭登周家

沿着河谷,正午绿绸般安宁
隔着土台,我看见了半幅水墨。

砖木青瓦房刚从水彩中醒来。
屋檐下,灰雀斜飞
一段段剪影行云流水。
木姜子花在回忆中翻开了日记
它们转动着米粒样的小眼珠。

春风多情,谭登周满面春风。
如今,他岁月的沟壑里
早已挤满了澄碧的葱绿往事,
多么美妙,总有山歌往心里面飘。

他弯着腰,侍弄酿蜜的蜂群。
他小心翼翼移动着身子
仿佛有蜜要从身体里溢出来。
当他抬抬头,春天也跟着动了动。

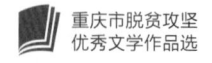

华溪村主题邮局

写一封信,淡墨
用华溪村四月的春光。

主题可以很小
小到,一朵陷在花期的桃萼
一滴滑向叶尖的露珠。
也可以随手写下
远方,我爱你的穿云裂石。

在华溪村主题邮局
有一封信在等待寄出。
一个名叫贺小康的收信人
已将整个山村的邮件
汇聚成了
一个时代的共同主题。

金溪沟,蜜蜂与花朵

在金溪沟,蜜蜂嘤嗡振翅
带着小小的口器飞行。
它们将花朵间彼此的爱意
衔在微小的口器中。

蜂群布满河谷山岗
它们听得见花朵求偶的私语。
这些隐秘的声音
是春天精心设置的陷阱。

阳光下,它们的飞行
灵巧,花香馥郁。
透明的翅膀,闪动着光泽
薄薄的轰鸣声
载满了万物的脉脉温情。

黄精,安静的中药材

坡地田畴,这些植物一望无际
一定经历过太多雷霆、风暴。

你看,多么安静啊
它们收起星群降下的大悲喜
独自咽下苦涩的呐喊与岩浆。
甚至,将身体里的虎啸
也捻成了一根根鼓突的指节。

黄精的药性在一点点聚拢
它们将力量凝结在砂土中。
这些呐喊,一旦与岩浆发生撞击
必将在某个瞬间,破土而出。

白云乡看云

一朵朵白云,很安静的白
仿佛刚从泉水中醒来。
在它们中间,旭日
只是微微颤抖的小小花蕊。
世界多么轻,云朵
一点一点向上升起
托着那一团玛瑙般色泽的光。

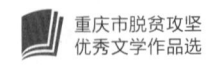

它们在穹窿之上，眼眶里
蓄满一汪澄澈的蔚蓝
一旦云朵松开手臂
朝阳的花蕾必将在天空怒放。
烈日的白，云朵的白
来自同一个故乡。

一朵李花里的春天

一朵李花，就是一个李易安
她在一阕如梦令里，误入李花深处。
也许是苏小小、钩弋夫人或花妖
她们背负着几世情劫和一帖素笺。
但更可能是修炼千年的白蛇
她用十世情缘，精心准备了一场大雪
我们在李树下流连忘返
像痴人许仙，与白娘子谈一场恋爱。
李花的果实一定都叫许翰林
是青蛇，用五百年修行的翠绿
将它们安放在天上人间。
在白云乡五千亩脆红李花中穿行
这些春天的花妖，肤色都莹亮如雪
那朵凝视你的，必定有十世恋情。

作者简介：吴沛，笔名哑铁，著有诗集《隔窗听雨》《酒和宋词之间的时光》等。获第八届重庆文学奖诗歌奖。

扶贫日记两则

吴凤鸣

一

连续下着的雨
像一扇无法推开的门
山那边的牵挂
是我一个无法了却的心愿
电话那头的曹孃孃说
下雨,路滑,你们就不要来啦
我说
放心,我们已经在来的路上
小黄狗乖巧地迎在房檐下
像老熟人亲昵地叫上两声
便安静地伏在我们脚边
接过递过去的慰问品
曹孃孃的手是颤抖的
她佝偻着背
却努力向上伸展
我知道
她多想伸直腰迈开腿

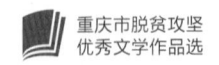

把所有的帮扶都交还我们手里
好吧，收下
一切的无奈和谢意随着她浑浊的泪流下
冰凉又滚烫
我们向她告别
曹孃孃站在屋檐下朝我们挥手
小黄狗偎依着她
像那座B级空房子一样静默

二

儿子从外地回家了
刘大哥家自然热闹了些
儿子帮母亲摘花椒
母亲帮儿子擦去额头的汗
我们正好上门慰问
刘大嫂特别忧心
今年的收成不错，但销售是个问题
儿子沉默着，或者是思索
我说，我帮忙联系电商平台
或者是让儿子开启微信做营销
儿子说早有打算
想在家乡试一试经营农产品
如果可以，收购家乡特产形成规模销售
我们都向他投去赞许的目光
看着他一脸笃定
便知道他已经走过多个十字路口
显然现在已不再彷徨

儿子送我们离开

我看到刘大嫂跟在他后面　满脸带笑

作者简介：吴凤鸣，女，生于70年代中期，中国散文学会会员，万盛经开区作协会员，喜欢阅读，偶尔涂鸦散文诗歌。近年来多次在市内外报刊发表散文诗歌。

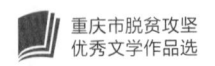

连二村的春风来了

西贝牛

还是晨雾的时候,我就上到连二村,
一片朦胧的感觉,被鸟叫声掩盖。
层层叠叠的梯田如贵州山地的那样,
平铺的贝壳之美,似一美丽的水墨画。

连二村的春风来了,
我们吃到了那一颗颗无花果,
还有慈祥的老妈妈充满阳光的眼神。
你们到连二村干什么?
老妈妈摘无花果的手停下来,
浑浊的眼睛,落下了未来的期望。

连二村的春风来了,
一大帮学生娃来了,
他们在村庄里流连停驻。
来,搬梯子;来,搭一把手。
他们把自己所学都描绘在墙上,
在墙上喷绘着节气、希望、未来,
每一幅水墨画里是村民的笑脸。
一张张笑脸,一双双眼睛,
从村口的远方望过来,

他们的目光早已走出连二村,
到很远很远的地方。
远方,就是家乡,就是连二村,
她正在变得更美。

连二村的春风来了,
一帮下村的干部来了,
他们带着党的政策在连二村里扎根。
用脚步丈量坚实的土地,
用手亲自去土地上鼓捣,
用思想改变着村民的观念。
是什么在引领我们前行的脚步?
是那群人,他们从蔺市镇下来,
他们从党的关怀里下来。
他们跟我们一样,有的还是娃啊!
二十几岁的人,同我们的娃那样年轻,
他们把连二村变得美丽、富裕,
把春风吹过每一个窗口和大地。

连二村的春风吹过大地,
连二村小溪那里的水流向远方,
从猪圈那里到村口的公路上,
逐渐增多的是前来参观的人和车。
一个蔺市镇下面的小村,
成为网络上日渐成名的神话。
老妈妈握着我的手,
连二村欢迎你们常来。

连二村的春风吹起来,

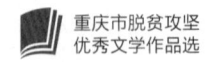

是华夏大地上的一个缩影，
是党的扶贫道路上的一缕春风。
春回大地、民强国富，
好一个美丽的江南，
好一个美丽的连二村。

作者简介：西贝牛，本名易致国，中国诗歌学会会员，重庆市作家协会会员，有小说、诗歌在报刊杂志刊出，并收录入各种集子，有长篇小说《长安之门》出版。

第一书记(外二首)

谢子清

他从市级部门下来
一个简单的"下"字
把十几年的"上"变成原点
说服家人是第一场考验
车程是第二道难题
四小时磨掉最后一丝娇气
却恰好免去水土不服
从一株玉米到另一株玉米
他进步神速
几乎与熟悉贫困户一样
完全认识稻秧和红苕
泥巴顺着裤腿往上爬
但鼓捣出来的农家坝坝舞
仿佛大山吹进的一缕新风
还是出卖了他的际遇
暑期培训班俨然第二轮攻势
让他轻易收获孩子的心
敬而远之变成亲密无间
电商就是第三板斧
山货源源不断涌进主城
完成从林间到舌尖的跨越
时间是最好的魔术师

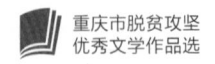

两年把他变得土气
却把小山村变得洋气
男女老少都说
"这样的第一书记,要得!"

下村

下村是进城的反义词
比下乡更朴素一点
朴素意味着一次次放低自己
最后以匍匐的姿态
打量玉米的长势
偷听土豆与红薯的暗语
窥见稻子以谷穗为贡品
向六月俯首称臣
有时候鸡鸭会不请自来
热情地为你带一段路
但不会离草垛和池塘太远
一栋老屋为另一栋老屋打气
只有她们还试图解码乡愁
水泥路与机耕道较量多年
胜利是小范围的
下村需要换鞋
有些顽皮的泥巴趁机粘上你
不经意就增加了重量

走访

把每一次走访
都用朝圣的方式来进行
就可以从田坎走向心坎

由房门敲开心门

圣代表重量

朝是你的角度

必须沉到低处去

直到变成仰视

你才能听到补丁下的声音

叙说此去经年的秘密

才能吹散漫上来的云雾

看清贫穷的庐山真面目

才能明白一把钥匙开一把锁

所有的困惑担忧

甚至小心思和盘托出

你才能顺藤摸瓜

完成一场叫脱贫的占领

作者简介：谢子清，80后，笔名知卿、紫青，在《半月谈》《文艺报》《杂文选刊》《新民晚报》《格言》等发表文章若干，供职于重庆市潼南区塘坝镇党委。

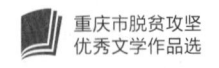

深夜，有盏灯（外一首）
向墅平

夜色撒下黑沉沉的大网。笼罩着
这片昏睡了多年的山村
好多人，沉陷在祖上饥寒交迫的
旧梦里
偶尔。发出几声混沌的呓语

一盏灯：依然明亮地
醒着
和一个肩负光荣使命来此的
中年汉子
促膝而坐

一张铺开的表格上
缀满一张张，嗷嗷待哺的空洞的嘴巴
他的目光里，流淌出
温暖与悲悯
将它们，轻轻填充

蹙眉。凝思。握拳
不闻叹息；只闻心脏
更鼓一般，咚咚叩响

振奋着时间倦怠了的神经

他从体内,一点点
掘出心血
揉进灯光,绘成一幅
济世蓝图

一盏灯:熊熊燃烧,像一团火
志在点燃,那张黑沉沉的大网

——而曙光,终会从夜的破洞中
打着呼哨,闪亮出场
揭开,一个崭新的人间

扶贫英雄

你来之前
薛家村只是一座
默默躺在大山深处
沉睡的村庄
多少年,被一顶和大山一样
沉重的贫困帽压住
喘不过气来

仿佛是上天的安排
你,一个千里之外的来客
却成了这里的贴心人
其实,是你一双军人的眼睛
被遍布的贫困的荆棘
深深地,刺疼

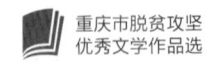

并由此，点燃了一腔共产党员的
热血与担当

你来了，就不想走了
把原本可以安放于故乡的
晚年光阴
悉数迁移，并投注于此
像一团熊熊燃烧的火焰
誓要将那顶巨大的贫困帽
烧毁。直至——
灰飞烟灭

你身先士卒，出工出力
修路，15公里；架桥，6座
铺管道，引山泉
灌溉茶园，和无数颗
干涸已久的心——
将大山深处囚笼般的思维
豁然，打破

无数双目光，从漫漫长夜里
缓缓抬起，眺望——
望见，一缕曙光

你大刀阔斧地跟进——
拓垦荒地，栽种油茶
辟开薛家村人的，千亩绿色银行
再跟进——
移风易俗，同步精神脱贫

用力拔除,那些根植于薛家村人
体内太久的陈腐之物

你迷彩服的身影
寄身于一栋简陋的老木板房
白天。在村民的困境与希望的交迭中
一直,不停地奔忙
从早到晚,歇不下来
持续,奔忙了四个年头

终于——
压住这个村庄的贫困帽
消弥于历史的烟尘之中
你却轰然,倒下了
静静地,躺在了六塔山上
你,真的累了,倦了
需要好好地,安睡一场

六塔山谷,野樱花开得
姹紫嫣红时——
你总会在花丛中现身
向这片正在崛起的土地
投来殷殷的关注

作者简介:向墅平,重庆市作家协会会员。文章散见于《滇池文学》《牡丹》《西部散文》《青岛文学》《星星》《上海故事》《散文百家》《散文诗世界》《散文诗》《文苑》《意林原创》《中国教师报》等全国多家刊物。在多次各级征文中获奖。

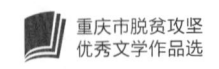

龙登山滑翔伞基地小抒怀(外二首)

徐作仁

江津的脱贫观感

车子七弯八拐,把我们一尺尺拔高
拔高到海拔七八百米之处
拔高到龙登山的山脊梁
让我们驾瑞云、腾祥雾
恍若云中神、山中仙

摇下车门,有倾斜草坡劈头扑面
一条大红横幅立马抢眼——
滑翔伞基地欢迎世界冠军匡小兵
我们赶紧凝神屏气,一瞬间
似乎就有一架滑翔伞
以狂风之迅捷,以苍鹰之矫健
俯冲下来并腾空而起
整整一座龙登山
立马插上了腾飞的翅膀

听村支书介绍,修建滑翔基地
是脱贫致富的一项抓手
从政治角度来说,滑翔伞一腾飞

小村的经济就会腾飞
小村的人气就会腾飞
小村的幸福指数富裕指数就会腾飞
这就是龙山村的大计
是龙山村的社会主义现实主义

那就把浪漫主义留给我吧
站在高高的龙登山上
站在有护栏的滑翔场地边上
我要选用有神奇效应的汉字
我要选用能抑扬顿挫的吕律佳韵
即兴狂吟,海拔八百米呀
——龙山村,顶呱呱
——社会主义,顶呱呱

龙山村的跑山鸡

我来的时候,龙山村的四月正好
陶渊明养过的那些麻花鸡
把在桑树颠上吟得经典的口风
加进了山的高腔、林的流韵
引颈一曲,就托出红日高照
红了我的忙着拍照的手机屏幕
红了一条条硬化的村路
红了一幢幢别致的村落
红了龙登山,整整的一座

这些有乡社户口的土著鸡仔
交了助农、益农政策的好运气
一孵出来,就放弃了小院与矮桑

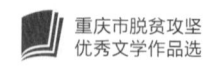

它们在林间自由地啄食
它们在山坡自在地生长
欣逢天时地利,幸遇政通人和
我来时,这一群跑山鸡
这一百只、一千只跑山鸡
正踱着方步、迈着闲步
带着它们的土色土香的名字
走进农家乐,走进"武陵春"
走成富裕的幸福的新型康庄

在龙山村李子园

四月初二,我来得不是太巧
五十亩李子花的白净与清香
已经与别人合影留念过了
剩给我的,只有嫩叶、繁枝
只有一树又一树的谷雨景象

还没来得及遗憾
果园间立着的那面展示墙
吉地落龙山几个红色大字
绿底白字的园林特色介绍
就告慰了我的双眼与味蕾

我知道,羌脆李脆红李江安李
都被冠以"津龙脆"注册商标
这脱贫致富的举措、决策
让隐在偏远的龙山村
让龙山村人的勤劳与奋斗
亮相于西湖镇、江津区、重庆市

扬名于四面和八方

好啊,站在画墙之下
我感受到,龙山村就像李子林
多么葱郁、多么蓬勃、多么兴旺
我感受到,三十万斤李子
多么脆、多么甜、多么香

猛然抬头,好多好多李子儿
在繁枝间、在密叶间
正借着东风,美滋滋地生长
正在长大、长圆,长得好上加好

(据悉,龙山村每年可摘收30万斤李子类的果子)

作者简介:徐作仁,笔名作人,八十年代开始创作,在《诗刊》《星星》《中国好诗》《百年新诗2017精品选读》《中国百年诗人新诗精选》《中国风》等刊物和书籍上发表过诗歌。著有诗集《坐在时间的对面》。

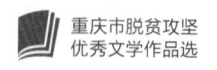

第一书记

杨犁民

你有家,却常年在外
一年难得回去几次,你有单位
却长期远离自己的同事
饱尝凄风冷雨,你有职业
却从事着陌生的工作,无论
风华正茂,还是人到中年,一切
重新学习,重新开始
向大地学习包容,向庄稼学习拔节

操千家人的心,记万户人的苦
油盐柴米,酸甜苦辣,鸡毛蒜皮
晴天一身灰,雨天一身泥
笑,对千万人笑,哭
一个人哭。你是男,也是女
你是高,也是矮,你是胖
也是瘦,你是人群中的谈笑风生
也是闲暇时的沉默不语

汗水流进土地,百姓装在心里
你本在亲人眼前,如今却去了天边
你本在城市生活,如今却踏上了漫漫征途

虽千万里,吾往矣
不论高山顶上,还是大河谷底

你是一个,又是无数个
来自不同部门不同地区,千名万姓,千差万别
你是无数个,又是一个
你有一个共同的名字叫:第一书记

作者简介：杨犁民，中国作协会员，获第11届全国少数民族文学创作骏马奖。著有《露水硕大》《花朵轰鸣》《大雨如瀑》。

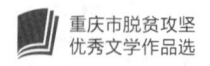

乡村，进无止境（外一首）

杨清海

脱贫攻坚拉开乡村振兴序幕
产业星罗棋布向新增长极挺进
一个短缺状态的真正结束
电商推开新农村的黎明

四通八达的柏油路
承载小康的历史使命
保洁员和垃圾分类不再是城市独有
村寨和道路跟城里一样干净

村子上也建起了农家书屋
实践中更坚定了文化自信
种养加需要技术支撑
文明山村的夜晚将不再宁静

人民幸福民族复兴
乡村把殷殷嘱托牢记于心
世界舞台的中央日益接近
命运共同体乡村世界一起崇敬

来来往往的小汽车

城里人乡下人无法分清
欢歌笑语共享共建
四季美丽乡村处处皆风景

"两山论"、"两化路"
与时俱进,照亮前程
改革使农村释放无限潜能
两不愁三保障之后进无止境

山路

沿着蜿蜒的山路
把希望种出村庄
祖先的夙愿
历经几千年的风霜

风吹进窟窿
周身都是寒颤
水倒进空腹
转动辘辘饥肠

岁月绕过期待
舍不下小麦玉米高粱
让风雨飘摇的季节
变得如此难堪

庄稼人对庄稼的主张
在今天改变模样
农家成电商,乡村建市场
城乡成为彼此的偶像

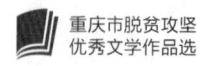

以人民为中心的承诺
让贫困成为标本进馆存档
宜居宜业宜游的在线
标配出梦想成真的小康

作者简介：杨清海，重庆市酉阳县人大常委会副主任，重庆市作协会员，出版诗集四部。

石滩三题

杨平

方斗山

方斗山是重庆主城第一峰
在方斗山上看重庆主城
叫俯瞰

方斗山上看日出是一件很荣光的事
方斗山上的公鸡一叫
全重庆都听得到

方斗山的海拔是慢慢上升的
通向方斗山的公路在绿色里弯来弯去
让你一路悬念一路惊喜

方斗山上的农家乐冒出的炊烟
像诗，一行行
都写进了天空里

宣传委员熊萍

宣传委员熊萍滔滔不绝，如数家珍
给我们介绍镇情

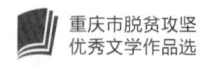

让我们感觉

她在石滩镇工作很多年了

其实,她刚从跳石镇调到石滩镇不久

此时她和我们

都站在方斗山上

不过,她的眺望和我们不同

她指着远处,对我们说道

那就是跳石镇的圣灯山

走进贫困户李朝泉家

狗的叫声

是对我们

表示欢迎

母鸡的叫声

是告诉它的主人

它刚刚又生了蛋

而鸭子的叫声

来自屋后的鱼塘

让那个鱼塘一直不平静

好多年没有飞回来的燕子

今年终于飞回来了

好像是来祝贺

李朝泉一家脱贫

作者简介：杨平，重庆江津人。迄今已在《诗刊》《星星》《诗歌月刊》《诗潮》《绿风》《中国诗歌》《草堂》等刊物发表诗作，有诗作获奖。出版诗集有《感动》《抵达》《就这么一直爱着》。重庆文学院第二届创作员，《几江》诗刊主编。

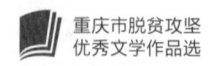

四月,在华溪村

殷艳妮

一

炊烟牵引青色的屋顶
鸡的叫声撑开
又一个黎明
一个叫华溪的村庄
在四月里苏醒

二

这是一个明媚的日子
满目青山苍翠
远方的公路逶迤而来
像某类藤蔓植物
在山间、在村庄分岔
不断长出芬芳的触须
将一块块新种的田地
一排排新建的房屋串起

三

大山里的中益乡小学
计算机、音乐、书法、科技馆
一间间专门教室多么敞亮

操场上，一百六十五名可爱的孩子
将"摆手舞"跳得欢畅
一起唱吧、跳吧
扶贫先扶智，假如感到幸福
你就跳摆手舞吧

四

麦苗儿青青辣椒红
黄精有些害羞
藏在木瓜地里低着头
满山遍野红红黄黄的小房子
悄悄告诉我，那是蜜蜂的家
山中岁月好，日子就像这蜂蜜
越过越香甜

五

四月的阳光遍地洒
土家的咂酒扑鼻香
何不举起手中的杯，在春风里
高醉一回

作者简介：殷艳妮，出生于1983年，重庆北碚人，重庆市散文学会会员，有诗歌、散文见各报刊杂志。

华溪村

余蓝

北纬30度的阳光照着村口的巨大石头
不忘初心砥砺前行的红色字体
闪着耀眼的光芒
碑文巍峨地竖在你面前
历史序曲的篇章在此
翻开了新的一页
充满宇宙空间温柔的风
舔舐着我的脸庞
机器巨大的轰鸣声呼唤着
把河岸一栋一栋崭新的高楼
从地面扶起

在这静谧的午后
我听见您走进学校
走进医院和贫困户家里的缓缓脚步声
今天我走在宽广的柏油路上
重走您走过的路
幸福甜蜜的蜜蜂色的村舍
如采蜜的蜂群飞舞在山的绿林丛中
桃花梨花脆红李花杏仁花樱桃花
开满了溪流河岸的山坡

你们是创造时代的骄子

你们映红了这贫穷的山脊

这繁华神祇的花粉扮靓了历史

扮靓了这神圣的使命与担当的宏大胸怀

这客栈的春天留住了我们美丽的笑脸

我们幸福快乐地生活着

在您昨天走过的山路上的脚印里

斜坡上任何一块石头一棵草一株树

任何一个每天都可以再见到它

对于一个习惯于忠诚和感恩的民族

那习惯留下来便不走了

作者简介：余蓝，男，中学教师，重庆市新诗学会会员，作品散见于国内报刊杂志。

重庆市脱贫攻坚
优秀文学作品选

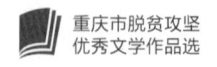

非贫困户（外一首）
云朵

大走访时看到他

破旧，是这个小屋内最醒目的陈设
我的目光停留在他右手空荡荡的袖笼上
曾做支书时那一部分光芒
照亮了整个屋子

他说我是党员，坚决不当贫困户
我一只手也能种庄稼吃穿不愁
土墙房也结实
……

他用左手签字，像画着蜿蜒的岁月
却有着大巴山一样明朗的脊梁

呛人的烟

入户调查时，他不在家
我在地里找到他
他在锄把上坐下来
抽出一袋旱烟，吧嗒

他仰视着我
谈到捡来的女儿考上重大
烟锅里暗火闪动
像晶亮的星星
谈到因常年风湿
致关节变形的老伴，
他咳了几声嗽，谈到
自己身上的老疾
他猛吸几口，把自己
呛出了眼泪

他在扶贫手册上签了字
手有些发抖，像欠下了一笔债
他把烟锅在鞋底磕了两下
别在腰间，继续挖地
锄头在石头上
磕出火花

作者简介：云朵，本名刘芳，重庆市作协会员，城口县脱贫攻坚办工作人员。有诗在《诗潮》《朔方》等刊物发表。

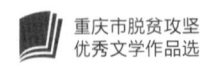

多味重岩（组诗）

张春燕

香麻漫坡

走进重岩的漫坡绿色
你就会被新鲜刺激的香麻味
重重缠绕　紧紧包围

这四季都披着绿衫的坡地上
绵延着280亩香麻树林
生长着密密匝匝的绿色小金粒
生长着重岩村民的致富希望

那是常绿的花椒林
是香麻的幸福园
片片叶子
是椭圆的信笺
随清风送给你香麻的邀请
粒粒果实
是滚圆的笑脸
随我的诗送给你美好的祝愿

蛋香沁心

皮蛋、盐蛋,以及蛋干
勾起你对蛋的联想和想象
丰富你对蛋香的品味和认知

这些蛋制品
会引出你心中飞舞的馋虫
而那一双双握蛋的手
会让你生出
如蛋黄一般金色、明亮的
温暖、感动和欣慰

那是一双双被岁月揉皱的手
手的主人
大多已过花甲之年
他们不舍家园和土地
家园和土地便回馈他们
新的快乐　新的机遇

那蛋香、调料香
丝丝缕缕沁进你心脾
回旋在重岩村
高远的天空　宽广的土地

花馥四季

你看月季花在风中微笑
把热情和花香一起送给你
你看大妈们在屋前劳作

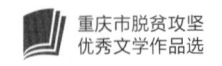

来年要送你条条花径　块块花畦

　　你看干净的院落、和谐的村庄
　　你看农家书屋、篮球场
　　还有便民超市、休闲广场
　　每一个地方　都有笑语花香
　　都可以把你在扰攘城市蒙尘的心
　　妥妥地安放

　　你看那些走村串户的扶贫干部
　　他们是别样种花人
　　与村民谈心交心
　　播种温暖之花
　　倾情搭起产销桥梁
　　播种幸福之花
　　着力建设资源节约、环境友好型新农村
　　播种文明之花
　　他们松土、施肥
　　他们浇水、剪枝
　　培育出一个
　　四季芬芳的美丽乡村

　　（重岩指重庆市万州区瀼渡镇重岩村）

作者简介：张春燕，女，重庆市作家协会会员。在《海外文摘》《新民晚报》《重庆日报》《小小说大世界》等报刊发表文学作品200余篇。

天子山上百花艳

张海波

一

波哥是我帮扶的贫困户，
高大英俊且帅气。
夫妻俩虽没文化，
日子却活色生香。
房前屋后瓜果飘香，
茄子韭菜绿意盎然。
蜜蜂嗡嗡叫，
燕子扑腾腾。
他们经营的柑子园，
蝴蝶起舞又翩跹。

二

我帮扶的是一对80后小夫妻，
他们敢想肯干令人艳羡。
妻子去镇上参加烹饪技能训练，
丈夫在网络上学习理发经验。
妻说，等我学会了就去城头开家火锅店，
创出自己的连锁品牌。
丈夫说，得行，我们先贷点扶贫款，

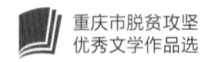

我也想整个理发店。

三

四月某天，
波哥来电，邀我去天子山赏花，
几十亩的橘园，花果同树，
他说，在园中劳作很快乐，
我们一边赏花一边整理果树。
忽而暴雨来袭，
花遭击落不少，
他捡起一朵花吹了吹，
扮在妻子头顶。

四

波哥入住新房那天，
喊我去吃饭，
买了一串鞭炮驾车出发。
进门时，他正在烧鸡毛，
一只肥硕的公鸡在他手中摇摆。
"嫂子呢？"我问，
"厨房酥花生呢。"他答。

作者简介：张海波，生于1989年，陕西柞水人。诗歌、散文见于《诗刊》《青年作家》《诗歌月刊》《诗江南》等刊，现供职于重庆市忠县人民检察院。

安澜行（组诗）

张天国

登上麻辣山顶

云雾从溪流爬上山顶
村庄缥缈
每一步都是麻辣生香的风景

天空升高
鸟在我们的肩下飞，抬头时
有一块带着萝卜纹的云
缓缓飘行的玉

脱贫致富的风在吹
山坡上
随处可见蜜蜂般忙碌的人
他们唱着歌
比我的声音好听

左边种一行花椒
右边种一行辣椒
红与青亩亩相衬，爱都一样
血也一样

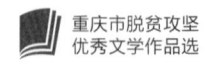

味也一样,既麻又辣

我们继续攀爬
欢乐步步登高
新修的盘山村村通公路上,摩托车
满载着一袋袋花椒,辣椒
朝往集市飞奔

这里的云雨是麻辣的
泥土是麻辣的,笑语是麻辣的
这里的明天是麻辣的
山民的日子
浸泡在漫山遍野麻辣的诗句里
挺好的滋味

乘雾登顶,站在大松树下
看太阳
太阳像口大火锅,香气四喷
有人在喊:"整!"

依林山庄

你依着树林
我依着爱情

我前来,携着傍晚的风
余霞的玫瑰
夜心即将点燃的灯盏,眼瞳里
你赠我的星辰

你依着今生的指引
我依着前世的找寻
在从不分岔的思念中,你给出了重逢
给出了我们

今夜的湖水边,一定有一对天鹅
吻颈而眠
今夜的荷花下,一定有一对红鱼
狂热成寂静

噢,你依着树林子爱我
我依着合欢花爱你,我们花开花闭
一起依恋,一起贪欢
香气如梦弥漫
明月,发出银亮而清澈的笑声

  作者简介：张天国，中国作协会员，中国诗歌学会会员，鲁迅文学院24届高研班学员。曾获重庆银河之星诗歌奖，重庆晚报文学特等奖，古井贡民盟杯全国诗歌大赛一等奖，全国诗韵乡村诗歌大赛二等奖，长河文学特别奖，第三届奔流文学奖。

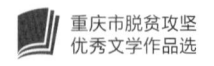

讲师的课堂(外一首)

张俭

讲师把课堂搬到了山区
他要上一堂"脱贫攻坚"的实践活动课
讲师知道"脱贫攻坚"是一个难点
共产党员的初心告诉他
必须攻克这个课题
要把论文写在祖国的大地上

从大学的讲台走下来
用脚步丈量贫困的深度
走进田间地头"钻研教材"
走进户户农家去"家访"
摸清脱贫致富的"教学重难点"
日夜思索因材施教的"教学方法"
用一腔热血与科学精神
书写出精准扶贫的"教案"

讲师做了一个实验
以科学技术为支点
以扶贫政策为杠杆
用使命感和责任心
调动一切可以调动的力量
去撬动贫困的巨石

调整产业布局修订"实验方案"
全面跟进精准脱贫进行"课堂辅导"
为特困户"补课"
为优等生提供"拓展练习"
"扶智"与"扶志"并举
激发出脱贫的潜能

老牛哞哞　小羊咩咩
争先恐后回答讲师的提问
塘中群鱼　竞相跃起
争睹实验后巨变的新农村
鸟儿啾啾　蛙鸣阵阵
稻花香里讨论着丰收的年景
桃树　李树　苹果树
纷纷交上果实累累的答卷
昂首漫步的公鸡
用嘹亮的声音向世人介绍着美丽乡村

袁驼背捐款

书记　我要捐款
袁驼背声音怯怯的
一如从前
找书记申请救济
只是脸上没有讨好的笑容
眼睛里没有恭谦

袁驼背的背并不是驼的
孩子多　妻子病
压得他的背有些佝偻

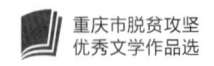

他家是挂牌的贫困户
前几年在书记的指导下专业养蜂
开始甜蜜的事业
去年才成功摘去贫困帽
书记劝他不要捐款

不　我要捐款
袁驼背声音坚定
国家帮我脱了贫
现在国家有难了
这个款，我一定要捐

袁驼背丢下五万块钱就走了
大家惊奇地发现
袁驼背腰板直直
一点也不驼了

作者简介：张俭，教师，重庆新诗学会理事，重庆市作协会员，偶有诗歌散文小说在报刊发表。

彩云之阳,深歌(组诗)

张鉴

深歌吟唱

彩云之阳,除了山与水
从前只留下一个名字
盛满贫穷的灰烬
山的高度,让人眩晕
水的深度,让人苍老
生息千年,比不过近70年、40年、20年
甚至10年,5年的变迁

一场风,带来一场雨
土地血脉畅通
稻谷、玉米、高粱
体内活跃着喜悦
四肢张力绷紧

在盘龙在泥溪在无数个不具名的小乡小镇
房前屋后,田间地头
蘑菇、柑橘、葡萄、菊花、花椒
还有很多木头上长出的小耳朵
都在聆听自己身体吟唱的深歌

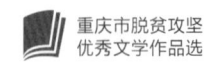

深歌从山沟里升起,彩云缓缓聚拢
深歌从谷底升起,群山的褶皱徐徐打开
深歌从土地升起,万物开始探测天空的高度
深歌从河流升起,百舸飞渡,水面鸥鸟翩飞

爬过山,涉过水,走过泥泞,走过黑夜
现在,它们抛开一切顾虑
朝着太阳奔去

小小的希望在发芽
树叶和花朵带着光芒
道路和溪水带着光芒
秋风和果实带着光芒
老人和孩子带着光芒

一条条飞龙托举起绿树成荫的云城
江水温柔,仿佛沉入时间的波光
鸟儿在密林中飞翔,叫声溅起点点光斑

天地如初,万物新鲜——
穿过楸林,登上云梯
看,幸福打开的方式,不是轰然巨响
而是深歌悠然

这个下午,是我一生起飞和回来的下午

炊烟升起,云朵停留在半山腰
这个下午,我坐在大山怀抱,看见泥溪
从很多年前的疲惫流浪中归来

天空如此湛蓝,香菇撑着褐色的小伞回来
木耳穿着镶边的黑裙回来
群山绿鬓环绕,牵手回来

一个秋天正缓缓降落
橘子黄了,菊花开满山坡
尘世被黄金洗了一遍
大山托举着乡亲们的梦

寂静在说话,风在说话
草木在说话
从山上下来的云在说话
青冈树和鸢尾花在说话
黑木耳和香菇在说话

这是一个仙境,古老的刻痕
现在标注幸福的尺度
时间的伤口开满鲜花
地平线那么远,红红的太阳那么灿烂
奇迹就这样诞生,灵魂就这样得以安放

我还看见泥溪镇的乡亲们捧起装得满满的篮子
不是敬奉头上的神灵,而是在向太阳感恩
在向一柄镰刀和铁锤表达敬意

这个下午呵,也是我一生起飞和回来的下午
我看见一条条巨龙在云中盘旋
我就这样静静地坐在泥溪山中,一个外乡人

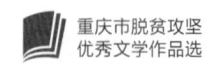

就这样被一条溪水一座村庄吸附
又被云朵飘起

回到枞林村，回到未来

以为坡陡路滑，九弯十八拐
没想到随几朵云就悠悠到了

以为深度荒凉，遍地哀伤
顺着鸟鸣望过去，满目苍翠在冒油

以为破房烂屋，黄芦苦竹
干净的石级矫正着目光
白色小洋楼装满鲜花笑语

以为旦暮只闻杜鹃啼血，猿猱哀鸣
林间的烟岚，满山的花开
孩子的歌声修改了发音

逐泥溪，逆流而回
我正赶上枝头的美人，手捧阳光雨露
站夏天的最高点，仰望蓝天

绕着枞林村，走一圈
好像走完自己的一生

我是闯入者，不敢有野心
我只想带走一朵花，一枚果
一块透明的天空
屏住呼吸，再悄悄带走一段大山的静寂

如果实在无路可去
我就在这里,从现在回到未来

作者简介:张鉴,笔名梦桐疏影,重庆璧山人。在《诗刊》《诗选刊》《星星》《红岩》《诗潮》《美文》等上发表诗文1000余篇(首),出版诗集《如果有一个地方》《慈悲若云》,散文集《背着花园去散步》等多部。

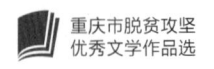

感谢你，太阳村（外三首）

张佐平

就这样
隔三岔五往返于太阳村
已经四年了

感谢车
只要是奔跑在扶贫的路上
你就不知疲倦

感谢路
越来越光洁和宽大的面庞
不至于让我蒙受更多的尘土

感谢山
虽给了我巨大的压力
但让我每一次出发都有明确的方向

感谢水
你的清莹和流淌
让我和这个村子不再干涸

感谢这里的每一寸土地

我把希望和祝福种下去
收获了一浪又一浪热烈的气息

感谢王朝平、王志平、张友清、郭章平、郭章明
是你们用一双大手把丰衣足食写在门楣上
你们说：日子舒坦，我的小家变了模样

感谢一切的风景和故事
草木荣枯、春华秋实、攻城拔寨、红牌黄牌
都写进了我的诗，写进了我的过去与未来

春天，扶贫的路途

我的前面奔跑着一辆车
我坐在自己的车上
无外乎
把前面那辆车上的人　看过的风景
再看一遍

车轮滚滚向前
春天向我发出怒吼的声音
几多人春心荡漾
你却如此木然

一路上
各种花花绿绿　不断地扑面
轻飘飘
娇艳艳
突然发现
长相朴实拘谨的马铃薯苗

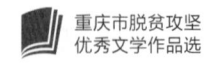

才是结果的样子

这块田
是春天最美的风景线

今天,在太阳村

今天　在太阳村
我抬眼望去
天空　一丝丝流云
真的是收获的季节来了
天空蓝得那么明净
我的心里那么清盈

四年的帮扶工作
似乎在这个季节瓜熟蒂落
柿子满树
绝没辜负这片土地的肥沃

我动情地凝望着山川
山川　却把我看了四年
今天　我们都一言不发
因为　这沉默不语的站立
成了一幅秋收的图画

写在脱贫"摘帽"之后

脱贫如脱单一样
激动　幸福

把贫困的破帽摘去

我们穿上了如嫁娶一样的盛装

门前的水泥路　惬意地徜徉
如孩子们奔跑在宽阔的操场

老屋场怎么不说话
那几间土坯房　去了什么地方

汩汩清泉仿佛从圣洁的天山流淌而来
流过干涸
流过稻田
流过我崭新的楼院
流向了我们　渴求已久的心田

作者简介：张佐平，男，土家族，重庆奉节人，中学校长，奉节县作家协会会员，奉节县白帝诗社会员，著有诗集《在夔州，抖落的风尘》。

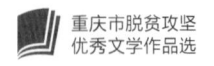

郁水谣

张远伦

1. 百里寒霜，都在喊太阳开门

森林睁开眼皮，大岭悬梦，百里寒霜，都在喊太阳开门。

她的眼皮底下，一条小河，缓缓流淌，最终注入乌江。

那些背着背篓默默走向太阳底下的人，那些点着竹篙撑一叶扁舟驶向小河前方的人，都是追逐梦想的人，都是和自己的灵魂说话的人。

不过，他们都喜欢唱山歌，或许是哼哼，或许是扯起喉咙，或许独唱，或许齐唱。

他们在祈祷太阳开门。

他们种下辛劳，收获幸福，他们的山歌，唱给巨大的时空，也唱给一条小河听见。

鸟儿听见，游鱼听见，该听见的都听见。

我想，祖母拖着残腿，给我哼起童谣启蒙的时候，我就该明白：人生或许并非坐着排排去吃果果，而是要卖了干姜和鸭蛋，才有我们的小民生活。

继而母亲更加证实了这一点。那几年，我要跑过并不亮丽的黄昏，跑过一段石板路，来到一株枇杷树下。母亲收工回来，塞给我一把酸楚的枇杷，要我一定把枇杷核吐掉，并轻唱：枇杷黄，要栽秧。

而现在，百里寒霜，都在准时喊太阳开门。

我的大哥坚守在朱砂村，带着亲人们种植蔬菜，我也跟着他们，穿过开满金银花的枞树林,面前大片菜地,溢满绿意和祝福。

太阳开门了。

我们的身后跟着流水。

2. 大片酒水走进春天的房门

在漫山遍野的映山红下,掬二两春光,买一场小醉,如何?

大片酒水,走错了春天的房门,我们的村庄微微有些荡漾。

稍不留意,就把自己搞得很生态;

略有走神,就把自己弄得很环保。

美,就美到失去天空;土,就土得一丝不挂,在这样的地方,嚎叫与歌唱没有两样,恣肆放荡与莺歌燕语也没有两样。我们可以吼出:隔河听见喜鹊啼,山歌飞遍百里溪……我们也可以哼唱:郁水河,大面坡,一条草绳两头搓……我们还可以回味一下当年的缠绵:这山望去那山高,那山情妹捡柴烧,哪年哪月烧成炭,柴不捡来水不挑。

3. 她们栽植的音乐在村子里弥漫……

你想去拜访哑婆吗?

你扯起嗓子喊话,她不会回答你。你会很尴尬,但你不得不保持敬畏,收敛起城里人惯有的轻浮和狷傲。

哑婆是美食家。

二十年前,她创造出了一项独门绝技,她把黄色的南瓜花摘下来,一朵一朵地铺在晒席里,远远望去,一片灿烂,使得这个村子有一种辉煌的气象。

她把生产队里抛弃的玉米核背回家,像对待宝贝一样,这些玉米核外面可食用的玉米粒已经被剥掉,现在变得坚硬、扎手,而且唯一的功能是晒干了烤火过冬。

然而,哑婆把玉米核们捣碎,熬成了糊,晒得干稠后捏成团。

哑婆是哼着《苞谷调》做这些事的:苞谷包,苞谷包,苞谷结在半中腰,大

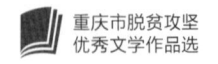

人拿来锅头煮,细娃拿来火头烧。

在这种对温饱的希冀中,她用南瓜花把这些东西包起来,做成食品。

于是,哑婆的五个儿子和两个女儿开始吃花朵。

这些花朵向村子四周蔓延。

于是,我开始吃花朵。

村庄里的穷人们都开始悄悄吃起了花朵。

如今啊,这些旧年的救命粮食,已经成为家的味道,成为美食。贫困,造就了独特的味道,而扫除贫困之后,村里的很多食品,已经进入真空包装,走向四面八方,去拯救思乡人的味蕾,去触动进城孩子们的乡愁。

4. 有一些来不及署名的生命在轻轻舒展

映山红是大岭深处的植物。

当我看到他们来到野林上,带着天空的思想,带着两个世界的温度,浸润、奔跑、舞蹈的时候,他们成了我的诗句。

用野花造句,整个野林便有了突破的欲望……在人迹罕至的地方,他们为我的诗句带去一袭淡香。

还有一些来不及署名的生命,像一场大雪都样,在轻轻舒展。

因此诗,便成了动物,这种动物的特点是:籍籍无名,但是美得辽阔。在天清气朗的乡村,坐一坐,就会陷落在无边的香气之中。

5. 蜜蜂的新娘拿走了我的歌谣

有时候,我是一名拙劣的画师。

如:昏黄的山谷里一只含混的羊,一丛油花或金花,我有复制的欲望和爱好。

只是,作品已然走样,有些说不清道不明,有些不剪断理还乱。更多的时候,我画的是某种旋律的再现。

有时候,我的画被蜜蜂的新娘们拿走了;有时候,我的画被野花们摄取了;有时候,我在一丛刺棘里描绘:油菜开花似黄金,萝卜开花白如银,黄金白银我不爱,只爱村里有情人。

在吊脚楼上,屋檐下,一排排土蜂蜜的桶装"厂",正在酝酿爱情一样甜蜜的汁液,触动多少人向往的神经。

站在那里,仰着头,看着蜜蜂飞进飞出,如同膜拜一场爱情的仪式。

多么迷离而又炫目啊!

6. 我们的曲子比一片涟漪更懂得回旋

比泉水的叮咚高八度,

比一片涟漪更懂得回旋。

这是我用来咏叹村庄里的音乐的,是一个木讷呆板,毫无音乐细胞的乡下孩子难以言喻的内心感受。

当一朵油菜花拨响湛蓝的天空,那些音乐就汹涌着来了。

凉风绕绕天要晴——娇阿依

庄稼指望雨来淋——娇阿依

这是几个苗寨女孩组成的青年歌手组合,在参加央视青歌赛时唱响的山歌《娇阿依》,它常常出现我所生活过的村庄,那些原生态山歌时时包围着我,时时打击着我。

送郎送到豇豆林,对着豇豆诉衷情,要学那豇豆成双对,莫学那茄子打单身。

这是著名的《送郎调》。

最高的音阶叫火苗,

最痛的爱情的故乡。

这个世界的很多事物都有秘密的光源,那个光源或许是圣洁而神秘的,或许是普通但温暖的。亲情,爱欲,村庄和美,都可以成为光源。我们何其有幸,在光芒遍地的旷野中,走向康庄之路。

作者简介:张远伦,苗族,1976年生于重庆彭水。著有诗集《逆风歌》等多部。获骏马奖、人民文学奖等奖项。参加第32届青春诗会。

重庆市脱贫攻坚
优秀文学作品选

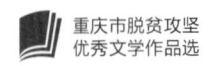

我有春风，扶你脱贫上路(组诗)
赵贵友

扶贫干部

没想到
你那么帅气、阳光
低头一笑
还带着年轻的羞涩

在喀斯特地貌
你像一滴雨水，潜入
塘湾村土壤
又像一根拐杖
撑着村民，把贫困
扶上致富的大道
道路通达，公司加农户
你是山区
脱贫攻坚的带头人

哦，你那么帅气、阳光
在那羞涩的一笑里
我分明看见，在你身上
有一种光辉和力量

在农户家

我,坐在你左边
你和你搪瓷盅泡着的
老荫茶,坐在右边
堂屋正墙,恭恭敬敬
挂着毛主席的像

一棚鸭,一坡鸡,一窝大黑猪
在院外各安其身
你咧开嘴,扳着指头
给我细数你饲养的家珍和未来
村里曾经的极贫户
此时,满脸纵横交错的沟壑里
滚动着幸福

"我更喜欢在网上超市卖鸡鸭"
突然,你拿着手机的儿子
从屋角蹦出这句话
立刻,你脸上的幸福,灿烂成
一朵花

千亩果园

我一直怀疑,自己
是否走进一幅浓墨重彩的
田园画卷
金色阳光,风暖草青
一条条笔直的红色步行道
从山的这头

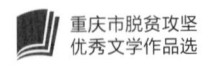

延伸进一平如展的果园
青,绿,红,黄
相互交织,晕染在蓝天下
幸好,树下传出
农妇们穿云的笑声,才让我
如梦初醒

哦,这里是塘湾村
以公司加农户形式的千亩
高山生态水果园
谁在说:
我有春风,扶你脱贫上路

作者简介:赵贵友,笔名自由鸟,重庆作家协会会员,重庆新诗学会会员。有诗文散见《星星》《诗选刊》《芒种》《延河》《四川文学》《湛江文学》《重庆晚报》《成都晚报》《作家视野》等报刊及众多诗歌平台。著有诗集3部。

黄连为什么这么甜?（组诗）
——写给石柱县的三种扶贫特产
郑劲松

石柱土家族自治县是三峡库区唯一少数民族自治县,也曾是国家级贫困县。在国家扶贫政策支持下,全县人民奋力脱贫攻坚,产业脱贫、生态脱贫成效显著,黄连、莼菜、辣椒是该县三大扶贫产业,均获中国地理保护商标。石柱已成"中国黄连之乡""中国辣椒之乡"和全国最大莼菜生产基地。——题注

1. 黄连:为什么这么甜

有一种苦,在石柱
苦到极致,成了珍贵的甜
当她打上中国地理商标
当她被捧在农人的手上
风中会飘来一声亲切的呼唤
呼唤她的名字——石柱黄连

她是石柱苦难的女儿
住在海拔1千米之上
有风演奏音乐的森林之下
在贫瘠的土壤和石子之间
不紧不慢地　她给人
清热、解毒、美颜

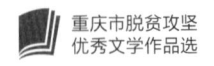

还给人换取学费、柴米和笑容
这可以疗治痛苦的苦
你说,该有多甜?

这是大地母亲良苦用心的馈赠
泥土也会十月怀胎
不管风雨雷鸣,满山的落叶飘零
她只在心里孕育蜜汁似的希望
当小手般的果实和盘托出
这满含爱意的苦呀
你说,该有多甜?

这是土家阿妹的宝贝
阿妹蹲在高山上
手摸黄连望着远方
远方在南方　阿哥站在城市脚手架上
汗水滑落　落回千里之外
家乡的青苗在汗水中疯长
当苦恋的花朵开满田园
这样的黄连,该有多甜?

2. 莼菜:水中的纯透明而干净

不到石柱,你不知道有种菜有多纯
那是长在水中的一种味
是开在水下的一种花
是沁人心脾的一种透明
一种贫穷而干净的人生

那是天地间最美的呼吸

只有温柔的手指
才能拨动的三弦琴
那是画在水里的浅浅微笑
直面清贫而波澜不惊

这是一种有品格的蔬菜
必须在上好的水田
在有些海拔的高度
甚至有些凉意　以及没有杂质的
阳光、土壤和空气
犹如鸿蒙之初,最纯真的灵魂

不信你看路边的两个孩子
手捧课本,用矿泉水瓶兜售莼菜
不,那里装着他们的学费
他们的目光好清澈
像极了瓶中的莼菜
包裹着晶莹剔透的一层泪
不,那不是泪,而是
此刻头顶蓝天白云中
那双开花的眼睛

3. 石柱红辣椒:比太阳还红

比那首流传甚广的民歌还红
长长的,尖尖的,
像土家妹子在山尖喊出的
——这漫山遍野红色的歌声
那一角太阳的红,
像汉子们喝了甩碗酒

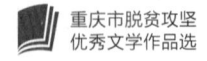

透着酒香的脸
——这山里人家命运的红

那是太阳出来喜洋洋的声响
是从绿森林里拔节而出的
挑战贫穷的红
长在地里
就是一片喷香的火焰
挂在屋檐下
就是一挂温暖的云霞
装上背篓
就是一簇向上的抗争

日子被打上红色烙印
就像那首歌从低音唱到高音
辣椒由青到红
一切幸福都出在手上
辣出眼泪又算什么
生活是这样美好而幸运

作者简介：郑劲松，西南大学档案馆、校史馆、博物馆副馆长，重庆市散文学会副会长，曾获孙犁散文奖、林非散文奖、徐霞客文学奖和重庆晚报文学奖等，出版有散文集《永远的紫罗兰》。

我的帮扶户梁昌伦(外一首)

郑立

第一次扶贫入户
在低矮破旧的屋檐下,我对梁昌伦说
治贫先治愚,治穷先治根,治懒先治心
我的帮扶户梁昌伦,年近五十的汉子
一头乱发,满腮浓须,遍身泥尘
一双眼睛,卑微躲闪,眨着热望
我忐忑,狐疑,这些说教他懂么?
梁昌伦用长满老茧的手
颤巍巍地,在我的帮扶手册上
歪歪斜斜,描下他的名字

读过半年小学的梁昌伦
残疾弟弟在福建打工的梁昌伦
年过八十的双亲需要他赡养的梁昌伦
家庭贫困一直没能娶上媳妇的梁昌伦
逐一盘点他家的收入数字
圈养的猪,散养的鸡鸭,田土里的庄稼
在他嘴里一再打结。木讷的心思
在冒汗的额头,无奈,不知所措
穷的根须,在他的骨血丛生
他要脱贫,不能在一时,也不在一事

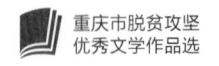

从2015年起,我每季度一次
探访梁昌伦。从发展产业靠近他的企望
从关心他双亲的病情拉近彼此的距离
从刮胡须、洗衣服、环境卫生等小事
见微知著,激发拔出穷根的内动力
或送一袋化肥,或读一段扶贫的政策
或递几件旧衣,或讲一个增收的故事
一来二往,我们便无话不说
年复一年,我们成了好兄弟
如今,梁昌伦已不是我初遇的梁昌伦

穿得干净的梁昌伦
坚持刮胡须理头发的梁昌伦
盖起钢筋水泥新房的梁昌伦
找到贵州湄潭媳妇的梁昌伦
可以跟我大声说话的梁昌伦
我说起,2020年接受国家脱贫普查
一定说清,说实,每一笔收入数字
他一双眼睛,闪烁捉摸不透的狡黠
这不是个事儿,家里的一切会说话
一棵蓬勃拔节的玉米,实现了自我的超越

恍来幻去的路

撑天的大岩崖,五百米深的大壑
我帮扶的民主村,唯用一个"大"
可以言说,被大山隔离的苦
可以诉说,被大壑隔绝的痛

路,是钻沟过涧的渴盼
路,是翻山越岭的隐忍
晃来晃去的路,在武隆白马山的最深处
一根飘荡了千百年的愁肠

大坎、大坡,入梦的血肉
大沟、大磴,入梦的骨髓
连绵永续的大路,坚实在扶贫上
坦荡前行的大路,踏实在民心上

2015年春天,在扶贫路上
我为这一根愁肠发愁
耗资800万,建设17公里山村公路
画出一个群策群力走出大山的大梦

2016年,项目规划立项
慢,慢在了百年大计的筹谋
2017年,项目申报审批
慢,慢在了民心焦渴的等待

2018年,项目动工
快,快在脱贫攻坚的果决
2019年,项目竣工
快,快在决战决胜的勇毅

2020年春天,恍来幻去的路
是民主村远去的记忆

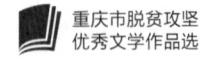

一条奔向小康的大路
走着扑面而来的幸福

作者简介：郑立，60后，重庆作协会员，中国散文学会会员，参加18届全国散文诗笔会。

致城口（组诗）

周鹏程

致城口

我曾因为距离放弃过理想
在风无法抵达的日子仰望一座城
我希望有双灵巧的手，模仿他们
掰竹笋、种香菇、摘木耳、挖天麻
种一坡药材
养一山土鸡
我也曾因为理想而放弃距离
在铺满露水和月光的路上
再次走进城口
这片我视为故乡的土地
他们纯朴的性情
改变苦难生活的决心
成为我来路上反复的提醒
如果你继续等我
封存我歪歪斜斜的足印
等我老了，会再回大巴山腹中
种菜，养猪
在阳光明媚的日子
熏腊肉

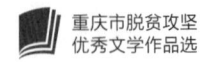

或者写诗

心愿
——写给一个贫困学生

也许，我没有资格叫你宝贝
宝贝的分量太重，我担心
那个应该叫你宝贝的人难过
我也有我一生要叫宝贝的孩子
他正在另一条路上风雨兼程

我默望过你家门前低溪中那座小桥
请求它一定原谅和你争手机上网课的哥哥
一部手机怎能容下两对欲飞的彩翅

孩子！六百个鸡蛋凑齐了吗
孩子！为什么不看自己两年前演的微电影
它获得的可是国际金奖啊
看你可爱的神情，以及
奔跑的白网鞋……
那是一部摄像机翻山越岭
跋涉五个小时以上
对世界呐喊《宝贝不孤单》

可是今天，孩子
你为什么那么忧郁？
只是摇头！只是哭泣！

孩子！请允许我这样喊你

快去,把你的作业本拿出来吧
坚强地写下希望!
我以我的名义,已经
向千年老柏树许下了心愿
从此以后,每一天
都会有人悄悄抹去你脸上的眼泪

在老柏树
——写给沿河乡党委书记吴雪飞

我突然长出了第三只眼睛
真的,在老柏树

尽管你青丝飘逸
我却依然发现了你的白发鬓鬓
尽管你白发鬓鬓
你,还是这个春天最美的风景
以至于
扁桶峡再迤逦对我都是淡而无味

我看见一双干枯的手
紧紧抓住你,苍老的岁月连声对你说谢谢
她是比你年长一倍的老妈妈
是你陌生的亲人
她曾下跪抱住上面领导的腿
要路!要一条老柏树
子子孙孙出山的路

是你十五次步行去老柏树

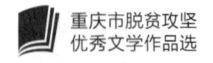

第十六次戛然而止的故事
结束了老柏树人
千百年来心惊胆战的
绝壁之行

一个超级穷乡有多重
你纤纤唯美的双肩，就有多大的力
哪一天你休息过
哪一天你不忙碌
五年！
你就是一只飞翔在沿河永不疲劳的蜜蜂

在老柏树，我听见青春的留声机在飞快地旋转
山在说，水在说，风在说
吴书记好！
擦肩而过的村民在说，吴书记好！
在老柏树，我突然长出了第三只耳朵

作者简介：周鹏程，中国作家协会会员、重庆新诗学会副会长。参加第19届全国散文诗笔会。在《诗刊》《星星》《散文诗》《四川文学》等报刊发表作品若干。出版诗文集7部。曾获中华文学年度诗人奖、重庆晚报文学奖、重庆市"五个一"工程奖。现为《重庆政协报》副刊主编、《三峡诗刊》主编。

张元忠脱贫

子磊

张元忠已过耳顺之年
空荡的屋里只剩下穿墙的风做伴
他说日子过得太快
一眨眼大半辈子就这么过来
他眼里的明天是黯淡的

穷根子埋在土里
开对了"药方",才能拔出根
扶贫干部刘先平看在眼里,急在心里,思在脑里
破房三间先修房,有家方可立业
定规划、找产业,三级帮扶暖了张元忠的心
老汉也想再创业。

贫穷使人犹如风中草芥,定点帮扶
让春风唤醒僵地,给心田播下希望的种子
硬化道路、通水、升级电网、柴房改造……
补齐短板,旧貌换新颜。

鱼塘有鱼了
鸡鸭成群了
魔芋开花了

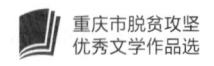

科技扶贫建立起脱贫的长效机制
让幸福不是昙花一现
老汉哭了
拉着扶贫干部的手说不出话来

老汉笑了
笑声在关胜村四处荡开
62岁的单身汉有人介绍对象了

扶贫干部

你站在贫困户老刘家的土地上
给我们讲解魔芋分芽、开花到精加工
查数着遍坡新种下的魔芋亩数
像在细数自己家种下的希望

你站在这雨后泥泞的土地上
讲解着,关胜村扶贫的措施
哪里种下了高产稻
哪里种下了黄冠梨
像在细数自己家的资产

一位运筹帷幄的将军
从歌词里走出来
在土地上披荆斩棘
泥巴裹满裤腿
这方热土成为你决胜的战场

胜利的号角即将吹响
在那些路过的乡亲脸上

已荡出幸福的欢颜

顶山村的幸福基地

花椒树,九片叶子的花椒树
全部在顶山村的山坡欢笑
天蓝,云白
绿水,山青
明天的希望在今天结出果实

阳光储藏在每片叶上
一万株花椒有了一万种幸福的
理由,在沟壑起伏的山岭
将土地的价值重新计算
以土地入股,在自家的土地上
原来叫种地,现在叫打工
赚的是又一份收入
还有保底的分红

"是那群帮扶的干部用脚丈量了
土地的宽度
用心,激活着生命的刻度
让顶山村的幸福
有了温润醇香的味道……"

作者简介：子磊，本名张建敏，重庆市作协会员，重庆新诗学会副会长。诗歌散见于《诗刊》《重庆晚报》《银河系》等报刊，曾获第三届重庆新诗"银河之星"奖。

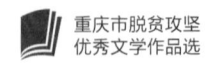

扶贫风景线(外一首)

左利理

帮扶干部怀揣初心和使命
双手沾满泥土的芬芳
鼻孔里嗅到草木里的气息
为了民生福祉,铆足一股劲
帮扶干部庄严承诺
真心融入,真情投入

曾经看到过田野的荒芜
看到过村民的贫困
还看到过道路的泥泞,房屋的破旧
如今,辽阔的新农村
处处空气清新,身心舒畅
田野一片葱绿繁茂
道路畅通,房屋修葺一新
稻谷飘香,硕果累累
这些蝶变,穿透村民满是皱纹的脸颊
撒下的温暖,溢满贫困户舒心的笑声

美丽乡村环绕四周
开展特色产业、职业技能和种养殖培训

建设扶贫车间,设立公益岗位

种植晚熟李子和晚熟柚子

引进企业,规模养殖土鸡土鸭

在山坪塘喂养有机生态鱼

流转大片土地

种植有机蔬菜,栽上花椒树

志智双扶,激发贫困户内生动力

田间地头生机蓬勃

贫困户躬身劳作

用勤劳的双手,拼命改变自己

满地的庄稼,长势喜人

山坡上到处是金灿灿的果实

特色产业成果丰硕

水产养殖、花卉苗木、果蔬种植异彩纷呈

帮扶干部攒足劲儿

用贴心的行动,焐热老百姓的心窝

贫困户挺起宽厚的胸膛

伸出大拇指,满心赞美

翻阅村庄的版图

危房变新房,矗立在村口

房前屋后干干净净,装满果实

到处小桥流水,万物生长

农民身披阳光,院落一片安宁和谐

到处呈现丰收祥和的景象

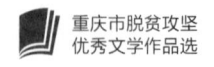

勾勒出老百姓幸福美好的愿景

驻村扶贫干部札记

从夏强驻村扶贫的那一天起
全部的思量，都在这个贫穷边远的小山村
一颗年轻的心迅速被点燃，腾起激情的火焰
无法遏制根植在内心的使命
夏强把誓言刻进眸子里，向贫困宣战
用行动驱走贫穷的黑暗，把荒芜抛在身后
在无怨无悔中虔诚坚守

东方刚露鱼肚白
夏强坚毅的眼神，伴着晨曦
穿上筒靴，开启走村入户模式
用脚步丈量高石村的每一个角落
料峭的晨风拂过脸庞
他要去找五保户老人余述成，查看他家的危房
廖文志妻子因为脑溢血住院后又返贫
然后要去吴大云家，调解他与儿子儿媳的矛盾纠纷
刘永云的孩子要读书，需进城去找职教中心
高石村的道路硬化得加快速度

夏强的身体，已经植入到裴兴镇
心里惦记着高石村的贫困户
他要让高石村的土地，开出富裕的花朵
15公里硬化路通到高石村
改造3公里饮水管网

高石村畜牧饮水、农田灌溉储水全面解决
13户建卡贫困户危房改造全部完成
费尽心血,引进林山香料有限公司
流转土地,种植一千多亩油樟
壮大集体经济
建成现代化蛋鸡养殖场
倾注力量,帮助建成扶贫车间

一道道山路,布满夏强的足迹
一条条小溪,辉映出夏强刚毅的脸庞
为了建档贫困户的两不愁三保障
激发贫困群众的内生动力
夏强身心灿烂,眼波里流淌出滚烫的语言
除了产业扶贫、扶志扶智
夏强挨家挨户走访排查
撸起袖子,到院坝宣讲
在田间地头商量帮扶措施
谋划高石村未来的发展思路

夏强把高石村当作生活的背景
见证闪亮的青春
眼眸一直停留在这里
夏强坚挺的脊梁,承载着对高石村宽广的爱恋
曾经贫穷的村庄
万物萌动,遍地光芒
种下一粒小康的种子
春风吹过,满眼青山绿水

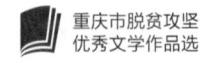

夏强日夜兼程，精准扶贫开花发芽

高石村远离了贫瘠和荒芜

在脱贫攻坚的致富路上，向着小康奔跑

作者简介：左利理，笔名阿璐，重庆市作家协会会员，重庆市文学院第四届创作员，垫江县作家协会副主席，有作品散见报刊杂志，著有诗集《撑起生活中那柄油纸伞》《住在浪花里的鱼》。

酿蜜者
左秀英

果香摇摇欲坠。拿花环的妇人
梳妆打扮,把日子和花香
编排在一起,等待远方的客人
我把花的芬香放进记忆的一隅

在高山上的人家
多年前还挤在破旧的土坯房里
他们的生活,像几亩坡地
收回来的有限土豆,干瘪蹦腾

"两不愁三保障"落实
到了村、户、人
一株株李子苗,明晃晃地站起身
与扶贫干部站在一起
与贫困的村民站在一起

风悠悠地吹,一株李子苗
两株李子苗,三株李子苗
一大片李子苗默默地站成春天
蜜蜂,正好与一束阳光吻合
开出满山遍野甜蜜的花

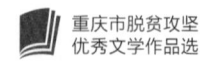

志愿者们深入村寨,带去
农业科技,带去富裕的方法
育苗、栽培、用药、施肥
嫁接、剪枝、防虫
号脉整治裂果、小果、落果

农户笑着,摘下一串串李子
捧在手心,他们说
果子内心是甜的
酿得他们的心也甜了
平静的微笑,是在向贫苦告别

"幸福,是奋斗出来的"
共富裕是生活本来的样子
我也愿化成那一片李子林
期待硕果累累的相聚

明媚里,我们又多走了几里
山路。身后跟着新生的嫩叶
有小鸟停留在风里唱歌
一个孩童清朗的读书声
从一户农家的窗口飘出来
变成一朵白云,继而成为
绚烂的生命之花

我已经没有什么可想了
无非是让天色更蓝
一切美好被加固。贫穷的疑虑

随风而逝。小康的生活
在奋斗的汗水中化成平常的日子

作者简介：左秀英，重庆市作家协会会员，沙坪坝作家协会理事，作品在《诗林》《岁月》《牡丹》《火花》《草原》《中国文化报》等刊物发表五百余篇（首），著诗集三部。

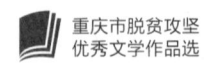

杨梅树的舞曲

钟 雄

今年夏天
我们红了一把
这个红
源于一种植物
结出的果子红艳艳

果子根植的地方
叫江津白沙复建村
地形偏僻穷且弥坚
被列入扶贫对象
暂时困难处处生机

今夏的一天
复建村一家的女儿发视频
蜜蜂采风杨梅红
诚邀：要吃的都来哟

这些2013年种下的新生机
以前没有结果
也不知能不能结果
就像山坡无名树

所以种杨梅者没向任何人说
会有火红、红喜的收获
驾祥云飘歌声来自遥远
走向成熟
去过多次的我们
也不清楚红红果的杨梅树

循着杨梅香香甜甜的足迹
我们几个城里人
半是好奇半是兴奋
应约去了复建
攀山爬树
亲吻润润红红杨梅果

有姑娘抱起花篮
有婶婶背起背篓
胸中装满琳琅满目的红
跳起沃土广袤秀丽的舞

姑娘和杨梅美图发朋友圈
荡起了一波又一波涟漪
我们转发转发传甜蜜
引来好多人奔此而去

杨梅带给复建村幸福
杨梅带给复建村欢乐
杨梅树和别的土特产在编排
来年的盛世舞曲

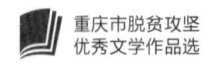

作者简介：钟雄，重庆市作家协会会员、重庆新诗学会会员。在《法制日报》《工人日报》《小说选刊》《检察日报》《中国社会报》《重庆日报》《西藏日报》《重庆晚报》《银河系》诗歌季刊等报刊发表了诗歌、散文、小说等文学作品九百多首（篇）。其诗歌、散文、小说多次获国家级、省级奖。